U0889701

Book for a Rainy Day

雨天的书

周作人 著

江苏凤凰文艺出版社
JIANGSU PHOENIX LITERATURE AND ART PUBLISHING, LTD

目录
CONTENTS

关于《雨天的书》

一九二五年七月五日，周作人日记有云：“编理旧稿五十一篇，为《雨天的书》一卷，拟出版，今日完了，唯序文未写。”同年十二月，《雨天的书》由北京新潮社初版印行。一九二七年六月北新书局再版，以后各版均由北新书局发行。“雨天的书”原是一九二三年十一月起在《晨报副镌》上所开专栏的名字。该书初版正文实为五十三篇，多是介乎《自己的园地》前两辑与“茶话”之间的作品。作者于一九二九年十一月二十六日所作《若子的死》，后补入书中。此次据新潮社一九二五年十二月初版本整理出版。另增加了《自己的园地》等一些经典篇目，让读者可以全面了解周作人素来被认为是“闲适冲淡”散文的特质，实质并非仅止于此，所以本书从某种程度上可称之为周作人散文精选集。

《雨天的书》最可显示周作人前期随笔的风格特色，用他的自语“我近来作文极慕平淡自然的景地”来形容恰当不过。而所说“我们于日用必需的东西以外，必须还有一点无用的游戏与享乐，生活才觉得有意思”（《北京的茶食》），和“偶然的片刻优游乃正亦断不可少”（《喝茶》），又多少体现了作者的人生态度和对于散文题材的某种开拓，最突出的即是《故乡的野菜》

《喝茶》和《苍蝇》之类篇目的写作。这里所涉及的两个方面，一是作者写文章时所持态度，一是某些文章的具体内容，似乎可以用“闲适”一词来概括，但二者却有很大区别。从内容考虑，真正的闲适小品只占全部创作中很少一部分，周氏另有几类重要文章，如悼亡怀人之作，“草木虫鱼”系列，更值得注意，它们在思想上和散文美学上又有新的开拓。

其实即便《雨天的书》也不尽是闲适小品，只是这些文章写得晶莹剔透，影响深远，乃至在众人的印象中，仿佛周氏散文一概如此，当然不是这样。作者在《自序二》中特别强调“我原来乃是道德家”，以及“我的浙东人的气质终于没有脱去”，也从某方面提请读者们其艺术风格的多重性和复杂性。集中不少作品，如《我们的敌人》至《沉默》诸篇，以内容论与《谈虎集》相当接近，只是“艺术”味道更重，态度也比较松弛，所以仍是随笔，不是杂文。

周氏曾在自序中表示，“这些大都是杂感随笔之类，不是什么批评或论文。”《雨天的书》中还说：“其中也有近于游戏的文字，如《山中杂信》等，本是‘杂感’一类，但因为这也可以见我的一种脾气，所以将他收在本集里了。”好像可以视为对“杂感随笔”的一种解释。《雨天的书》最后十篇与《自己的园地》前二辑（尤其是“自己的园地”）趣味相当。总的来说，两本书一主要面对人生，一主要面对作品，其间略有偏情偏理的区别。

自序一

今年冬天特别的多雨，因为是冬天了，究竟不好意思倾盆的下，只是蜘蛛丝似的一缕缕的洒下来。雨虽然细得望去都看不见，天色却非常阴沉，使人十分气闷。在这样的时候，常引起一种空想，觉得如在江村小屋里，靠玻璃窗，烘着白炭火钵，喝清茶，同友人谈闲话，那是颇愉快的事。不过这些空想当然没有实现的希望，再看天色，也就愈觉得阴沉。想要做点正经的工作，心思散漫，好像是出了气的烧酒，一点味道都没有，只好随便写一两行，并无别的意思，聊以对付这雨天的气闷光阴罢了。

冬雨是不常有的，日后不晴也将变成雪霰了。但是在晴雪明朗的时候，人们的心里也会有雨天，而且阴沉的期间或者更长久些，因此我这雨天的随笔也就常有续写的机会了。

一九二三年十一月五日，在北京

自序二

前年冬天《自己的园地》出版以后，起手写“雨天的书”，在半年里只写了六篇，随即中止了，但这个题目我很欢喜，现在仍旧拿了来作这本小书的名字。

这集子里共有五十篇小文，十分之八是近两年来的文字，《初恋》等五篇则是从《自己的园地》中选出来的。这些大都是杂感随笔之类，不是什么批评或论文。据说天下之人近来已看厌这种小品文了，但我不会写长篇大文，这也是无法。我的意思本来只想说我自己要说的话，这些话没有趣味，说又说得不好，不长，原是我自己的缺点，虽然缺点也就是一种特色。这种东西发表出去，厌看的人自然不看，没有什么别的麻烦，不过出版的书店要略受点损失罢了，或者，我希望，这也不至于很大吧。

我编校这本小书毕，仔细思量一回，不禁有点惊诧，因为意外地发见了两件事。

一，我原来乃是道德家，虽然我竭力想摆脱一切的家数，如什么文学家批评家，更不必说道学家。我平素最讨厌的是道学家，（或照新式称为法利赛人）岂知这正因为自己是一个道德家的缘故；我想破坏他们的伪道德不道德的道德，其实却同时非意识地想建设起自己所信的新的道德来。我看自己一篇篇的文章，里边都含着道德的色彩与光芒，虽然外面是说着流氓似的土匪似的话。我很反对为道德的文学，但自己总做不出一篇为文章的文章，结果只编集了几卷说教集，这是何等滑稽的矛盾。也罢，我反正不想进文苑传，（自然也不想进儒林传）这些可以不必管他，还是“从吾所好”，一径这样走下去吧。

二，我的浙东人的气质终于没有脱去。我们一族住在绍兴只有十四世，其先不知是那里人，虽然普通称是湖南道州，再上去自然是鲁国了。这四百年间越中风土的影响大约很深，成就了我的不可拔除的浙东性，这就是世人所通称的“师爷气”。本来师爷与钱店官同是绍兴出产的坏东西，民国以来已逐渐减少，但是他那法家的苛刻的态度，并不限于职业，却弥漫及于乡间，仿佛成为一种潮流，清朝的章实斋[①]李越缦[②]即是这派的代表，他们都有一种喜骂人的脾气。我从小知道“病从口入祸从口出”的古训，后来又想溷迹于绅士淑女之林，更努力学为周慎，无如旧性难移，燕尾之服终不能掩羊脚，检阅旧作，满口柴胡，殊少敦厚温和之气；呜呼，我其终为“师爷派”矣乎？虽然，此亦属没有法子，我不必因自以为是越人而故意如此，亦不必因其为学士大夫所不喜而故意不如此；我有志为京兆人，而自然乃不容我不为浙人，则我亦随便而已耳。

我近来作文极慕平淡自然的景地。但是看古代或外国文学才有此种作品，自己还梦想不到有能做的一天，因为这有气质境地与年龄的关系，不可勉强，像我这样褊急的脾气的人，生在中国这个时代，实在难望能够从容镇静地做出平和冲淡的文章来。我

① 章学诚（1738年-1801年），字实斋，号少岩，会稽（今浙江绍兴）人。清代史学家、思想家，方志学奠基人。

② 李慈铭（1830年-1894年），字式侯，室名越缦堂，晚年自署“越缦老人”。会稽（今浙江绍兴）西郭霞川村人。晚清官员、文史学家。

只希望，祈祷，我的心境不要再粗糙下去，荒芜下去，这就是我的大愿望。我查看最近三四个月的文章，多是照例骂那些道学家的，但是事既无聊，人亦无聊，文章也就无聊了，便是这样的一本集子里也不值得收入。我的心真是已经太荒芜了。田园诗的境界是我以前偶然的避难所，但这个我近来也有点疏远了。以后要怎样才好，还须得思索过，——只可惜现在中国连思索的余暇都还没有。

十四年十一月十三日，病中倚枕书

英国十八世纪有约翰妥玛斯密（John Thomas Smith）著有一本书，也可以译作“雨天的书”（*Book for a Rainy Day*），但他是说雨天看的书，与我的意思不同。这本书我没有见过，只在讲诗人勃莱克（William Blake）的书里看到一节引用的话，因为他是勃莱克的一个好朋友。

十五日又记

苦雨

伏园兄：

北京近日多雨，你在长安道上不知也遇到否，想必能增你旅行的许多佳趣。雨中旅行不一定是很愉快的，我以前在杭沪车上时常遇雨，每感困难，所以我于火车的雨不能感到什么兴味，但卧在乌篷船里，静听打篷的雨声，加上欸乃的橹声以及“靠塘来，靠下去”的呼声，却是一种梦似的诗境。倘若更大胆一点，仰卧在脚划小船内，冒雨夜行，更显出水乡住民的风趣，虽然较为危险，一不小心，拙劣地转一个身，便要使船底朝天。二十多年前往东浦吊先父的保姆之丧，归途遇暴风雨，一叶扁舟在白鹅似的波浪中间滚过大树港，危险极也愉快极了。我大约还有好些“为鱼”时候——至少也是断发文身[①]时候的脾气，对于水颇感到亲近，不过北京的泥塘似的许多“海”实在不很满意，这样的水没有也并不怎么可惜。你往“陕半天”去似乎要走好两天的准沙漠路，在那时候倘若遇见风雨，大约是很舒服的，遥想你胡坐[②]骡车中，在大漠之上，大雨之

① 剪短头发与文（纹）身。“断发文身”是远古至秦朝时期南方百越地区繁衍生息在沿海（或大河边）百越居民共同的生活风尚。

② 交胫而坐者，谓胡坐，即盘脚坐。

下，喝着四打之内的汽水，悠然进行，可以算是“不亦快哉”之一。但这只是我的空想，如诗人的理想一样地靠不住，或者你在骡车中遇雨，很感困难，正在叫苦连天也未可知，这须等你回京后问你再说了。

我住在北京，遇见这几天的雨，却叫我十分难过。北京向来少雨，所以不但雨具不很完全，便是家屋构造，于防雨亦欠周密。除了真正富翁以外，很少用实垛砖墙，大抵只用泥墙抹灰敷衍了事。近来天气转变，南方酷寒而北方淫雨，因此两方面的建筑上都露出缺陷。一星期前的雨把后园的西墙淋坍，第二天就有“梁上君子”来摸索北房的铁丝窗，从次日起赶紧邀了七八位匠人，费两天工夫，从头改筑，已经成功十分八九，总算可以高枕而卧，前夜的雨却又将门口的南墙冲倒二三丈之谱。这回受惊的可不是我了，乃是川岛君“渠们”俩，因为“梁上君子”如再见光顾，一定是去躲在“渠们”的窗下窃听的了。为消除“渠们”的不安起来，一等天气晴正，急须大举地修筑，希望日子不至于很久，这几天只好暂时拜托川岛君的老弟费神代为警护罢了。

前天十足下了一夜的雨，使我夜里不知醒了几遍。北京除了偶然有人高兴放几个爆仗以外，夜里总还安静，那样哗喇哗喇的雨声在我的耳朵已经不很听惯，所以时常被它惊醒，就是睡着也仿佛觉得耳边粘着面条似的东西，睡的很不痛快。还有一层，前天晚间据小孩们报告，前面院子里的积水已经离台阶不及一寸，夜里听着雨声，心里胡里胡涂地总是想水已上了台阶，浸入西边的书房里了。好容易到了早上五点钟，赤脚撑伞，跑到西屋一看，果然不出所料，水浸满了全屋，约有一寸深浅，这才叹了一口气，觉得放心了；倘若这样兴高采烈地跑去，一看却没有水，恐怕那时反觉得失望，没有现在那样的满足也说不定。幸而书籍都没有湿，虽然是没有什么价值的东西，但是湿成一饼一饼的纸糕，也很是不愉快。现今水虽已退，还留下一种涨过大水后的普通的臭味，固然不能留客坐谈，就是自己也不能在那里写字，所以这封信是在里边炕桌上写的。

这回的大雨，只有两种人最是喜欢。第一是小孩们。他们喜欢水，却极不容易得到，现在看见院子里成了河，便成群结队地去“淌河”去。赤了足伸到水里去，实在很有点冷，但他们不怕，下到水里还不肯上来。大人见小孩们玩的有趣，也一个两个地加人，但是成绩却不甚佳，那一天里滑倒了三个人，其中两个都是大人，——其一为我的兄弟，其一是川岛君。第二种喜欢下雨的则为虾蟆。从前同小孩们往高亮桥去钓鱼钓不着，只捉了好些虾蟆，有绿的，有花条的，拿回来都放在院子里，平常偶叫几声，在这几天里便整日叫唤，或者是荒年之兆，却极有田村的风味。有许多耳朵皮嫩的人，很恶喧嚣，如麻雀虾蟆或蝉的叫声，凡足以妨碍他们的甜睡者，无一不痛恶而深绝之，大有欲灭此而午睡之意，我觉得大可以不必如此，随便听听都是很有趣味的，不但是这些久成诗料的东西，一切鸣声其实都可以听。虾蟆在水田里群叫，深夜静听，往往变成一种金属音，很是特别，又有时仿佛是狗叫，古人常称蛙蛤为吠，大约也是从实验而来。我们院子里的虾蟆现在只见花条的一种，它的叫声更不漂亮，只是格格格这个叫法，可以说是革音，平常自一声至三声，不会更多，唯在下雨的早晨，听它一口气叫上十二三声，可见它是实在喜欢极了。

这一场大雨恐怕在乡下的穷朋友是很大的一个不幸，但是我不曾亲见，单靠想像是不中用的，所以我不去虚伪地代为悲叹了。倘若有人说这所记的只是个人的事情，于人生无益，我也承认，我本来只想说个人的私事，此外别无意思。今天太阳已经出来，傍晚可以出外去游嬉，这封信也就不再写下去了。

我本等着看你的秦游记，现在却由我先写给你看，这也可以算是“意表之外”的事罢。

十三年七月十七日，在京城书

鸟声

古人有言："以鸟鸣春。"现在已过了春分，正是鸟声的时节了，但我觉得不大能够听到，虽然京城的西北隅已经近于乡村。这所谓鸟当然是指那飞鸣自在的东西，不必说鸡鸣咿咿鸭鸣呷呷的家奴，便是熟番[①]似的鸽子之类也算不得数，因为他们都是忘记了四时八节的了。我所听见的鸟鸣只有檐头麻雀的啾啁，以及槐树上每天早来的啄木的干笑，——这似乎都不能报春，麻雀的太琐碎了，而啄木又不免多一点干枯的气味。

英国诗人那许（Nash）有一首诗，被录在所谓"名诗选"（*Golden Treasury*）的卷首。他说，春天来了，百花开放，姑娘们跳舞着，天气温和，好鸟都歌唱起来，他列举四样鸟声：

Cuckoo，jug-jug，pu-we，to-witta-woo!

这九行的诗实在有趣，我却总不敢译，因为怕一则译不好，二则要译错。现在只抄出一行来，看那四样是什么鸟。第一种是勃姑，书名鸤鸠，他是自呼其名的，可以无疑了。第二种是夜

---

① 清代称台湾世居人为"番民"，其中在平原地带居住，受汉族文化影响较深的，称"熟番"。

莺，就是那林间的“发痴的鸟”，古希腊女诗人称之曰“春之使者，美音的夜莺”，他的名贵可想而知，只是我不知道他到底是什么东西。我们乡间的黄莺也会“翻叫”，被捕后常因想念妻子而急死，与他西方的表兄弟相同，但他要吃小鸟，而且又不发痴地唱上一夜以至于呕血。第四种虽似异怪乃是猫头鹰。第三种则不大明了，有人说是蚊母鸟，或云是田凫，但据斯密士的《鸟的生活与故事》第一章所说系小猫头鹰。倘若是真的，那么四种好鸟之中猫头鹰一家已占其二了。斯密士说这二者都是褐色猫头鹰，与别的怪声怪相的不同，他的书中虽有图像，我也认不得这是鸱是鸮还是流离之子，不过总是猫头鹰之类罢了。儿时曾听见他们的呼声，有的声如货郎的摇鼓，有的恍若连呼“掘洼”（dzhuehuoang），俗云不祥主有死丧，所以闻者多极懊恼，大约此风古已有之，查检观颓道人的《小演雅》，所录古今禽言中不见有猫头鹰的话。然而仔细回想，觉得那些叫声实在并不错，比任何风声箫声鸟声更为有趣，如诗人谢勒（Shelley）所说。

现在，就北京来说，这几样鸣声都没有，所有的还只是麻雀和啄木鸟。老鸹，乡间称云乌老鸦，在北京是每天可以听到的，但是一点风雅气也没有，而且是通年噪聒，不知道他是那一季的鸟。麻雀和啄木鸟虽然唱不出好的歌来，在那琐碎和干枯之中到底还含一些春气；唉唉，听那不讨人欢喜的乌老鸦叫也已够了，且让我们欢迎这些鸣春的小鸟，倾听他们的谈笑罢。

“啾晰，啾晰！”

“嘎嘎！”

十四年四月

日记与尺牍

日记与尺牍[1]是文学中特别有趣味的东西，因为比别的文章更鲜明的表出作者的个性。诗文小说戏曲都是做给第三者看的，所以艺术虽然更加精炼，也就多有一点做作的痕迹。信札只是写给第二个人，日记则给自己看的，（写了日记预备将来石印出书的算作例外，）自然是更真实更天然的了。我自己作文觉得都有点做作，因此反动地喜看别人的日记尺牍，感到许多愉快。我不能写日记，更不善写信，自己的真相仿佛在心中隐约觉到，但要写他下来，即使想定是私密的文字，总不免还有做作，——这并非故意如此，实在是修养不足的缘故，然而因此也愈觉得别人的日记尺牍之佳妙，可喜亦可贵了。

中国尺牍向来好的很多，文章与风趣多能兼具，但最佳者还应能显出主人的性格。《全晋文》中录王羲之杂帖，有这两章：

> 吾顷无一日佳，衰老之弊日至，夏不得有所啖，而犹有劳务，甚劣。

① 信札，书信。

不审复何似？永日多少看未？九日当采菊不？至日欲共行也，但不知当晴不耳？

我觉得这要比“奉橘三百颗”还有意思。日本诗人芭蕉（Bashō）有这样一封向他的门人借钱的信，在寥寥数语中画出一个飘逸的俳人来。

欲往芳野行脚，希惠借银五钱。此系勒借，容当奉还。唯老夫之事，亦殊难说耳。

去来君　　　　　　　　　　　　　　　　芭蕉。

日记又是一种考证的资料。近阅汪辉祖的《病榻梦痕录》上卷，乾隆二十年（1755）项下有这几句话：

绍兴秋收大歉。次年春夏之交，米价斗三百钱，丐殍载道。

同五十九年（1794）项下又云：

夏间米一斗钱三百三四十文。往时米价至一百五六十文，即有饿殍，今米常贵而人尚乐生，盖往年专贵在米，今则鱼虾蔬果无一不贵，故小贩村农俱可糊口。

这都是经济史的好材料，同时也可以看出他精明的性分。日本俳人一茶（Issa）的日记一部分流行于世，最新发见刊行的为《一茶旅日记》，文化元年（1804）十二月中有记事云：

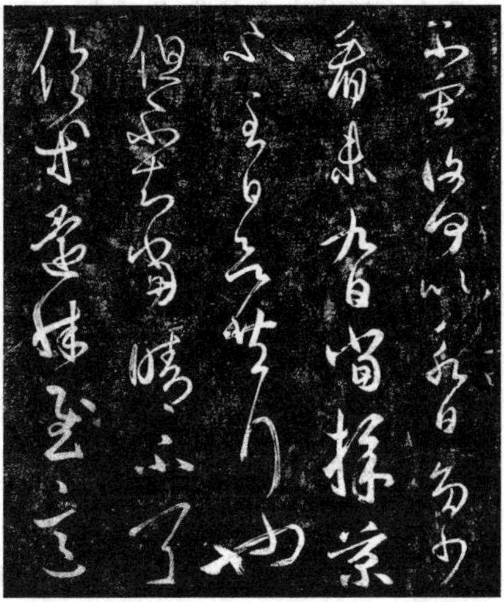

王羲之《采菊帖》：

不审复何似？永日多少看未？九日当采菊不？

至日欲共行也，但不知当晴不耳？

二十七日阴，买锅。

二十九日雨，买酱。

十几个字里贫穷之状表现无遗。同年五月项下云：

七日晴，投水男女二人浮出吾妻桥下。

此外还多同类的记事，年月从略：

九日晴，南风。妓女花井火刑。

二十四日晴。夜，庵前板桥被人窃去。

二十五日雨。所余板桥被窃。

这些不成章节的文句却含着不少的暗示的力量，我们读了恍忽想见作者的人物及背景，其效力或过于所作的俳句。我喜欢一茶的文集《俺的春天》，但也爱他的日记，虽然除了吟咏以外只是一行半行的纪事，我却觉得他尽有文艺的趣味。

在外国文人的日记尺牍中有一两节关于中国人的文章，也很有意思，抄录于下，博读者之一粲。倘若读者不笑而发怒，那是介绍者的不好，我愿意赔不是，只请不要见怪原作者就好了。

夏目漱石日记，明治四十二年（1909）

七月三日：

晨六时地震。夜有支那人来，站在栅门前说把这个开了。问是谁，来干什么，答说我你家里的事都听见，姑娘八位，使女三位，三块钱。完全像个疯子。说你走罢也仍不回去，说还不走要交给警察了，答说我是钦差，随出去了。是个荒谬的东西。

以上据《漱石全集》第十一卷译出，后面是从英译《契诃夫书简集》中抄译的一封信。

契诃夫与妹书

一八九〇年六月二十九日，在木拉伏夫轮船上。

我的舱里流星纷飞，——这是有光的甲虫，好像是电气的火光。白昼里野羊游泳过黑龙江。这里的苍蝇很大。我和一个契丹人同舱，名叫宋路理，他屡次告诉我，在契丹为了一点小事就要“头落地”。昨夜他吸鸦片烟醉了，睡梦中只是讲话，使我不能睡觉。二十七日我在契丹爱珲城近地一走。我似乎渐渐的走进一个怪异的世界里去了。轮船播动，不好写字。

明天我将到伯力了。那契丹人现在起首吟他扇上所写的诗了。

十四年三月

死之默想

四世纪时希腊厌世诗人巴拉达思作有一首小诗道：

（Polla laleis，anthrōpe. ——Palladas）

你太饶舌了，人呵，不久将睡在地下；

住口罢，你生存时且思索那死。

这是很有意思的话。关于死的问题，我无事时也曾默想过，（但不坐在树下，大抵是在车上，）可是想不出什么来，——这或者因为我是个“乐天的诗人”的缘故吧。但其实我何尝一定崇拜死，有如曹慕管[①]君，不过我不很能够感到死之神秘，所以不觉得有思索十日十夜之必要，于形而上的方面也就不能有所饶舌了。

窃察世人怕死的原因，自有种种不同，“以愚观之”可以定为三项，其一是怕死时的苦痛，其二是舍不得人世的快乐，其三是顾虑家族。苦痛比死还可怕，这是实在的事情。十多年前有一个远房的伯母，十分困苦，在十二月底想投河寻死，（我们乡间

① 时任上海澄衷中学校长。

的河是经冬不冻的，）但是投了下去，她随即走了上来，说是因为水太冷了。有些人要笑她痴也未可知，但这却是真实的人情。倘若有人能够切实保证，诚如某生物学家所说，被猛兽咬死痒苏苏地狠是愉快，我想一定有许多人裹粮入山去投身饲饿虎的了。可惜这一层不能担保，有些对于别项已无留恋的人因此也就不得不稍为踌躇了。

顾虑家族，大约是怕死的原因中之较小者，因为这还有救治的方法。将来如有一日，社会制度稍加改良，除施行善种的节制以外，大家不问老幼可以各尽所能，各取所需，凡平常衣食住，医药教育，均由公给，此上更好的享受再由个人自己的努力去取得，那么这种顾虑就可以不要，便是夜梦也一定平安得多了。不过我所说的原是空想，实现还不知在几十百千年之后，而且到底未必实现也说不定，那么也终是远水不救近火，没有什么用处。比较确实的办法还是设法发财，也可以救济这个忧虑。为得安闲的死而求发财，倒是狠高雅的俗事；只是发财大不容易，不是我们都能做的事，况且天下之富人有了钱便反死不去，则此亦颇有危险也。

人世的快乐自然是狠可贪恋的，但这似乎只在青年男女才深切的感到，像我们将近“不惑”的人，尝过了凡人的苦乐，此外别无想做皇帝的野心，也就不觉得还有舍不得的快乐。我现在的快乐只想在闲时喝一杯清茶，看点新书，（虽然近来因为政府替我们储蓄，手头只有买茶的钱，）无论他是讲虫鸟的歌唱，或是记贤哲的思想，古今的刻绘，都足以使我感到人生的欣幸。然而朋友来谈天的时候，也就放下书卷，何况“无私神女”（Atropos）的命令呢？我们看路上许多乞丐，都已没有生人乐趣，却是苦苦的要活着，可见快乐未必是怕死的重大原因：或者舍不得人世的苦辛也足以叫人留恋这个尘世罢。讲到他们，实在已是了无牵挂，大可“来去自由”，实际却不能如此，倘若不是为了上边所说的原因，一定是因

命运三女神

最小的克罗托（Clotho）掌管未来和纺织生命之线，二姐拉克西斯（Lach é sis）负责维护生命之线，最年长的阿特洛波斯（Atropos）掌管死亡，负责切断生命之线。

为怕河水比彻骨的北风更冷的缘故了？

对于“不死”的问题，又有什么意见呢？因为少年时当过五六年的水兵，头脑中多少受了唯物论的影响，总觉得造不起“不死”这个观念来，虽然我狠喜欢听荒唐的神话。即使照神话故事所讲，那种长生不老的生活我也一点儿都不喜欢。住在冷冰冰的金门玉阶的屋里，吃着五香牛肉一类的麟肝凤脯，天天游手好闲，不在松树下着棋，便同金童玉女厮混，也不见得有什么趣味，况且永远如此，更是单调而且困倦了。又听人说，仙家的时间是与凡人不同的，诗云，“山中方七日，世上已千年，”所以烂柯山下的六十年在棋边只是半个时辰耳，那里会有日子太长之感呢？但是由我看来，仙人活了二百万岁也只抵得人间的四十春秋，这样浪费时间无裨实际的生活，殊不值得费尽了心机去求得他；倘若二百万年后劫波到来，就此溘然，将被五十岁的凡夫所笑。较好一点的还是那西方凤鸟（Phoenix）的办法，活上五百年，便尔蜕去，化为幼凤，这样的轮回倒很好玩的，——可惜他们是只此一家，别人不能仿作。大约我们还只好在这被容许的时光中，就这平凡的境地中，寻得些须的安闲悦乐，即是无上幸福；至于“死后，如何？”的问题，乃是神秘派诗人的领域，我们平凡人对于成仙做鬼都不关心，于此自然就没有什么兴趣了。

十三年十二月

唁辞

昨日傍晚，妻得到孔德学校的陶先生的电话，只是一句话，说："齐可死了——"齐可是那边的十年级学生，听说因患胆石症（？）往协和医院乞治，后来因为待遇不亲切，改进德国医院，于昨日施行手术，遂不复醒。她既是校中高年级生，又天性豪爽而亲切，我家的三个小孩初上学校，都很受她的照管，好像是大姊一样，这回突然死别，孩子们虽然惊骇，却还不能了解失却他们老朋友的悲哀，但是妻因为时常往校也和她很熟，昨天闻信后为茫然久之，一夜都睡不着觉，这实在是无怪的。

死总是很可悲的事，特别是青年男女的死，虽然死的悲痛不属于死者而在于生人。照常识看来，死是还了自然的债，与生产同样地严肃而平凡，我们对于死者所应表示的是一种敬意，犹如我们对于走到标竿下的竞走者，无论他是第一着或是中途跌过几交而最后走到。在中国现在这样状况之下，"死之赞美者"（Peisithanatos）的话未必全无意义，那么"年华虽短而忧患亦少"也可以说是好事，即使尚未能及未见日光者的幸福。然而在死者纵使真是安乐，在生人总是悲痛。我们哀悼死者，并不一定是在体察他灭亡之苦痛与悲哀，实在多是引动追怀，痛切地发生今昔存殁之感。无论怎样地相信神灭，或是厌世，这种感伤恐终不易摆脱。日本诗人小林一茶在《俺的春天》里记他的女儿聪女之死，有这几句：

……她遂于六月二十一日与蕣华同谢此世。母亲抱着死儿的脸荷荷的大哭，这也是难怪的了。到了此刻，虽然明知逝水不归，落花不再返枝，但无论怎样达观，终于难以断念的，正是这恩爱的羁绊。〔诗曰，〕

露水的世呀，
虽然是露水的世，
虽然是如此。

虽然是露水的世，然而自有露水的世的回忆，所以仍多哀感。美忒林克在《青鸟》上有一句平庸的警句曰：

死者生存在活人的记忆上。

齐女士在世十九年，在家庭学校，亲族友朋之间，当然留下许多不可磨灭的印象，随在足以引起悲哀，我们体念这些人的心情，实在不胜同情，虽然别无劝慰的话可说。死本是无善恶的，但是它加害于生人者却非浅鲜，也就不能不说它是恶的了。

我不知道人有没有灵魂，而且恐怕以后也永不会知道，但我对于希冀死后生活之心情觉得很能了解。人在死后倘尚有灵魂的存在如生前一般，虽然推想起来也不免有些困难不易解决，但因此不特可以消除灭亡之恐怖，即所谓恩爱的羁绊也可得到适当的安慰。人有什么不能满足的愿望，辄无意地投影于仪式或神话之上，正如表示在梦中一样。传说上李夫人杨贵妃的故事，民俗上童男女死后被召为天帝侍者的信仰，都是无聊之极思，却也是真的人情之美的表现；我们知道这是迷信，我确信这样虚幻的迷信里也自有美与善的分子存在。这于死者的家人亲友是怎样好的一种慰藉，倘若他们相信——只要能够相信，百岁之后，或者乃至梦中夜里，仍得与已死的亲爱者相聚，相见！然而，可惜我们不相应地受到了科学的灌洗，既失却先人可祝福的愚蒙，又没有养成画廊派哲人（Stoics）的超绝的坚忍，其结果是恰如牙根里露出的神经，因了冷风热气随时益增其痛楚。对于幻灭的现代人之遭逢不幸，我们于此更不得不特别表示同情之意。

我们小女儿若子生病的时候，齐女士很惦念她；现在若子已经好起来，还没有到学校去和老朋友一见面，她自己却已不见了。日后若子回忆起来时，也当永远是一件遗恨的事罢。

十四年五月二十六日夜

若子的病

《北京孔德学校旬刊》第二期于四月十一日出版，载有两篇儿童作品，其中之一是我的小女儿写的。

晚上的月亮　　周若子

晚上的月亮，很大又很明。我的两个弟弟说："我们把月亮请下来，叫月亮抱我们到天上去玩。月亮给我们东西，我们很高兴。我们拿到家里给母亲吃，母亲也一定高兴。"

但是这张旬刊从邮局寄到的时候，若子已正在垂死状态了。她的母亲望着摊在席上的报纸又看昏沉的病人，再也没有什么话可说，只叫我好好地收藏起来，——做一个将来决不再寓目的纪念品。我读了这篇小文，不禁忽然想起六岁时死亡的四弟椿寿，他于得急性肺炎的前两三天，也是固执地向着佣妇追问天上的情形，我自己知道这都是迷信，却不能禁止我脊梁上不发生冰冷的奇感。

十一日的夜中，她就发起热来，继之以大吐，恰巧小儿用的摄氏体温表给小波波（我的兄弟的小孩）摔破了，土步君正出着第二次种的牛痘，把华氏的一具拿去应用，我们房里没有体温表了，所以不能测量热度，到了黎明从间壁房中拿表来一量，乃是四十度三分！八时左右起了痉挛，妻抱住了她，只喊说，“阿玉惊了，阿玉惊了！”弟妇（即是妻的三妹）走到外边叫内弟起来，说“阿玉死了！”他惊起不觉坠落床下。这时候医生已到来了，诊察的结果说疑是“流行性脑脊髓膜炎”，虽然征候还未全具，总之是脑的故障，危险很大。十二时又复痉挛，这回脑的方面倒还在其次了，心脏中了霉菌的毒非常衰弱，以致血行不良，皮肤现出黑色，在臂上捺一下，凹下白色的痕好久还不回复。这一日里，院长山本博士，助手蒲君，看护妇永井君白君，前后都到，山本先生自来四次，永井君留住我家，帮助看病。第一天在混乱中过去了，次日病人虽不见变坏，可是一昼夜以来每两小时一回的樟脑注射毫不见效，心脏还是衰弱，虽然热度已减至三八至九度之间。这天下午因为病人想吃可可糖，我赶往哈达门去买，路上时时为不祥的幻想所侵袭，直到回家看见毫无动静这才略略放心。第三天是火曜日，勉强往学校去，下午三点半正要上课，听说家里有电话来叫，赶紧又告假回来，幸而这回只是梦呓，并未发生什么变化。

夜中十二时山本先生诊后，始宣言性命可以无虑。十二日以来，经了两次的食盐注射，三十次以上的樟脑注射，身上拥着大小七个的冰囊，在七十二小时之末总算已离开了死之国土，这真是万幸的事了。

山本先生后来告诉川岛君说，那日曜日他以为一定不行的了。大约是第二天，永井君也走到弟妇的房里躲着下泪，她也觉得这小朋友怕要为了什么而辞去这个家庭了。但是这病人竟从万死中逃得一生，不知是那里来的力量。医呢，药呢，她自己或别的不可知之力呢？但我知道，如没有医药及大家的救护，她总是早已不存了。我若是一种宗派的信徒，我的感谢便有所归，而且当初的惊怖或者也可减少，但是我不能如此，我对于未知之力有时或感着惊异，却还没有致感谢的那么深密的接触。我现在所想致感谢者在人而不在自然。我很感谢山本先生与永井君的热心的帮助，虽然我也还不曾忘记四年前给我医治肋膜炎的劳苦。川岛斐君二君每日殷勤的访问，也是应该致谢的。

整整地睡了一星期，脑部已经渐好，可以移动，遂于十九日午前搬往医院，她的母亲和“姊姊”陪伴着，因为心脏尚须疗治，住在院里较为便利，省得医生早晚两次赶来诊察。现在温度复原，脉搏亦渐恢复，她卧在我曾经住过两个月的病室的床上，只靠着一个冰枕，胸前放着一个小冰囊，伸出两只手来，在那里唱歌。妻同我商量，若子的兄姊十岁的时候，都花过十来块钱，分给用人并吃点东西当作纪念，去年因为筹不出这笔款，所以没有这样办，这回病好之后，须得设法来补做并以祝贺病愈。她听懂了这会话的意思，便反对说，“这样办不好。倘若今年做了十岁，那么明年岂不还是十一岁么？”我们听了不禁破颜一笑。唉，这个小小的情景，我们在一星期前那里敢梦想到呢?

紧张透了的心一时殊不容易松放开来。今日已是若子病后的第十一日，下午因为稍觉头痛告假在家，在院子里散步，这才见到白的紫的丁香都已盛开，山桃烂熳得开始憔悴了，东边路旁爱罗先珂君回俄国前手植作为纪念的一株杏花已经零落净尽，只剩有好些绿蒂隐藏嫩叶的底下。春天过去了，在我们傍徨惊恐的几天里，北京这好像敷衍人似地短促的春光早已偷偷地走过去了。这或者未免可惜，我们今年竟没有好好地看一番桃杏花。但是花明年会开的，春天明年也会再来的，不妨等明年再看；我们今年幸而能够留住了别个一去将不复来的春光，我们也就够满足了。

今天我自己居然能够写出这篇东西来，可见我的凌乱的头脑也略略静定了，这也是一件高兴的事。

十四年四月二十二日雨夜

若子的死

若子字霓荪，生于中华民国四年十月二十三日午后十时，以民国十八年十一月二十日午前二时死亡，年十五岁。

十六日若子自学校归，晚呕吐腹痛，自知是盲肠，而医生误诊为胃病，次日复诊始认为盲肠炎，十八日送往德国医院割治，已并发腹膜炎，遂以不起。用手术后痛苦少已，而热度不减，十九日午后益觉烦躁，至晚忽啼曰“我要死了”，继以昏呓，注射樟脑油，旋清醒如常，迭呼兄姊弟妹名，悉为招来，唯兄丰一留学东京不得相见，其友人亦有至者，若子一一招呼，唯痛恨医生不置，常以两腕力抱母颈低语曰，“姆妈，我不要死。”然而终于死了。吁可伤已。

若子遗体于二十六日移放西直门外广通寺内，拟于明春在西郊购地安葬。

我自己是早已过了不惑的人，我的妻是世奉禅宗之教者，也当可减少甚深的迷妄，但是睹物思人，人情所难免，况临终时神志清明，一切言动，历在心头，偶一念及，如触肿疡，有时深觉不可思议，如此景情，不堪回首，诚不知当时之何以能担负过去

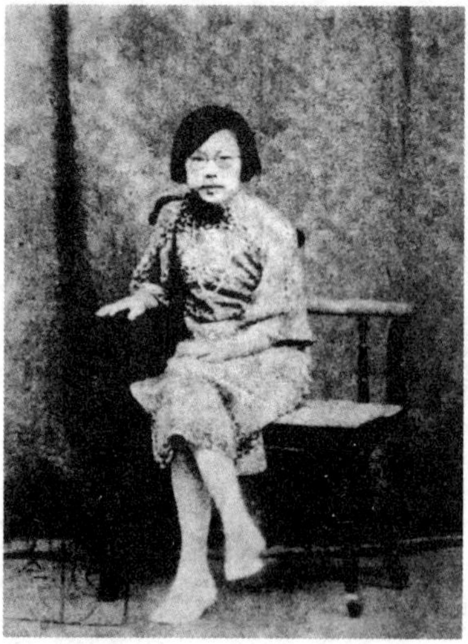

周若子遗像

也。如今才过七日，想执笔记若子的死之前后，乃属不可能的事，或者竟是永久不可能的事亦未可知；我以前曾写《若子的病》，今日乃不得不来写《若子的死》，而这又总写不出，此篇其终有目无文乎。只记若子生卒年月以为纪念云尔。

十一月二十六日送殡回来之夜，岂明附记。

《雨天的书》初版中所载照相系五年前物，今撤去，改用若子今年所留遗影，此系八月十七日在北平所照，盖死前三个月也。又记。

体操

我有两个女孩子，在小学校里读书。她们对于别项功课，都还没有什么，独怕的是体操。每天早上她们叫母亲或哥哥代看课程表，听说今天有体操，便说道这真窘极了。我于教育学是个门外汉，不能去下什么批评，但想起我自己的经验，不禁对于小孩们发生一种同情。

我没有进过小学校，因为在本地有小学校建设起来的时候，我早已过了学龄，进不去了。所以我所进的学校，是一种海军的学校，便是看不起我们的多数的亲族所称为当兵的。在这个“兵”的生活里，体操与兵操是每日有的，幸而那时教体操的——现在海军部里做官——L老师人很和气，所以我们也还没有什么不服。我们不会演武技的只消认定一种哑铃，听他发过“滕倍耳”什么什么的口令，跟着领头的“密司忒高”做去便好了。密司忒高面北独立，挥舞他特别大而且重的黄铜哑铃，但是因为重了，他也挥舞的不大起劲，于是我们也就更为随便，草率了事。过了几年，学堂的总办想要整顿，改请了一位军人出身的M老师，他自己的武技的确不错，可是我们因此“真窘极了”。他命令一切的人都要一律的习练，于是有几位不幸的朋友挂在横的云梯上，进退不得，有的想在木马上翻筋斗，却倒爬了下来。哑铃队的人便分散了，有许多习练好了，有许多仍在挣扎，有一部分变了反抗的逃避，初只暂时请假，后来竟是正式的长假了。我们这一群的人，当然成了校内的注意人物，以为不大安分，但我即在此刻想来也觉得并未怎样的做错；M老师的个人，我对于他还是怀着好意的，但是他那无理解而且严厉的统一的训练法，我终于很是嫌恶。

前月里有一个朋友同我谈起莎士比亚的戏剧，他说莎士比亚虽有世界的声名，但读了他重要的作品，终于未能知道他的好处。这句话我很有同感，因为我也是不懂莎士比亚的。太阳的光热虽然不以无人领受而失其价值，但在不曾领受的人不能不说为无效用。学校里的体操既经教育家承认加入，大约同莎士比亚的戏剧一样，自有其重大的价值，但实际上怎样才能使他被领受有效用，这实在是一个重要的问题。

十年十一月

莎士比亚

William Shakespeare，1564—1616，英国

怀旧

读了郝秋圃君的杂感《听一位华侨谈话》，不禁引起我的怀旧之思。我的感想并不是关于侨民与海军的大问题的，只是对于那个南京海军鱼雷枪炮学校的前身，略有一点回忆罢了。

海军鱼雷枪炮学校大约是以前的封神传式的“雷电学校”的改称，但是我在那里的时候，还叫作“江南水师学堂”，这已是二十年前的事情了。那时鱼雷刚才停办，由驾驶管轮的学生兼习，不过大家都不用心，所以我现在除了什么“白头鱼雷”等几个名词以外，差不多忘记完了。

旧日的师长里很有不能忘记的人，我是极表尊敬的，但是不便发表，只把同学的有名人物数一数罢。勋四位[1]的杜锡珪君要算是最阔了，说来惭愧，他是我进校的那一年毕业的，所以终于“无缘识荆”。同校三年，比我们早一班毕业的里边，有中将戈克安君是有名的，又倘若友人所说不误，现任的南京海军……学校校长也是这一班的前辈了。江西派的诗人胡诗庐君与杜君是同年，只因他是管轮班，所以我还得见过他的诗稿，而于我的同班呢，还未曾出过如此有名的人物，而且又多未便发表，只好提出

① 凡民国人民有勋劳于国家或社会者授与勋位。勋位分为六位：大勋位、勋一位、勋二位、勋三位、勋四位、勋五位。

一两个故人来说说了。第一个是赵伯先君，第二个是俞榆孙君。伯先随后改入陆师学堂，死于革命运动；榆孙也改入京师医学馆，去年死于防疫。这两个朋友恰巧先后都住在管轮堂第一号，便时常联带的想起。那时刘声元君也在那里学鱼雷，住在第二号，每日同俞君角力，这个情形还宛在目前。

学校的西北角是鱼雷堂旧址，旁边朝南有三间屋曰关帝庙，据说原来是游泳池，因为溺死过两个小的学生，总办命令把它填平，改建关帝庙，用以镇压不祥。庙里住着一个更夫，约有六十多岁，自称是个都司，每日三次往管轮堂的茶炉去取开水，经过我的铁格窗外，必定和我点头招呼，（和人家自然也是一样，）有时拿了自养的一只母鸡所生的鸡蛋来兜售，小洋一角买十六个。他很喜欢和别人谈长毛[1]时事，他的都司大约就在那时得来，可惜我当时不知道这些谈话的价值，不大愿意同他去谈，到了现在回想起来，实在觉得可惜了。

关帝庙之东有几排洋房，便是鱼雷厂机器厂等，再往南去是驾驶堂的号舍了。鱼雷厂上午八时开门，中午休息，下午至四五时关门。厂门里边两旁放着几个红色油漆的水雷，这个庞大笨重的印象至今还留在脑里。看去似乎是有了年纪的东西，但新式的是怎么样子，我在那里终于没见过。厂里有许多工匠，每天在那里磨擦鱼雷，我听见教师说，鱼雷的作用全靠着磷铜缸的气压，所以看着他们磨擦，心想这样的擦去，不要把铜渐渐擦薄了么，不禁代为着急。不知现在已否买添，还是仍旧磨擦着那几个原有的呢？郝君杂感中云：

> 军火重地，严守秘密……唯鱼雷及机器场始终未

① 长毛，指太平军。因太平军反抗清政府剃发留辫的规定，一律蓄发，故称。

参观。

与我旧有的印象截然不同，不禁使我发生了极大的今昔之感了。

水师学堂是我在本国学过的唯一的学校，所以回想与怀恋很多，一时写说不尽，现在只略举一二，纪念二十年前我们在校时的自由宽懈的日子而已。

十一年八月

怀旧之二

在“青光”上见到仲贤先生的《十五年前的回忆》，想起在江南水师学堂时的一二旧事，与仲贤先生所说的略有相关，便又记了出来，作这一篇《怀旧之二》。

我们在校的时候，管轮堂及驾驶堂的学生虽然很是隔膜，却还不至于互相仇视，不过因为驾驶毕业的可以做到“船主”，而管轮的前程至大也只是一个“大伜”[①]，终于是船主的下属，所以驾驶学生的身分似乎要高傲一点了。班次的阶级，便是头班和二班或副额的关系，却更要不平，这种实例很多，现在略举一二。学生房内的用具，照例向学堂领用，但二班以下只准用一顶桌子，头班却可以占用两顶以上，陈设着仲贤先生说的那些“花瓶自鸣钟”，我的一个朋友W君同头班的C君同住，后来他迁往别的号舍，把自己固有的桌子以外又搬去C君的三顶之一。C君勃然大怒，骂道：“你们即使讲革命，也不能革到这个地步。”过了几天，C君的好友K君向着W君寻衅，说“我便打你们这些康党[②]”，几乎大挥老拳，大家都知道是桌子风潮的余波。

① 旧指掌握船上动力机器的人

② 指曾经参加和赞成康有为等发动变法维新的人。

头班在饭厅的坐位都有一定，每桌至多不过六人，都是同班至好或是低级里附和他们的小友，从容谈笑的吃着，不必抢夺吞咽。阶级低的学生便不能这样的舒服，他们一听吃饭的号声，便须直奔向饭厅里去，在非头班所占据的桌上见到一个空位，赶紧坐下，这一餐的饭才算安稳到手了。在这大众奔窜之中，头班却比平常更从容的，张开两只臂膊，像螃蟹似的，在雁木形的过廊中央，大摇大摆的踱方步。走在他后面的人，不敢僭越，只能也跟着他踱，到得饭厅，急忙的各处乱钻，好像是晚上寻不着窠的鸡，好容易找到位置，一碗雪里蕻上面的几片肥肉也早已不见，只好吃一顿素饭罢了。我们几个人不佩服这个阶级制度，往往从他的臂膊间挤过，冲向前去，这一件事或者也就是革命党的一个证据罢。

仲贤先生的回忆中，最令我注意的是那山上的一只大狼，因为正同老更夫一样，他也是我的老相识。我们在校时，每到晚饭后常往后山上去游玩，但是因为山坳里的农家有许多狗，时以恶声相向，所以我们习惯都拿一枝棒出去。一天的傍晚我同友人L君出了学堂，向着半山的一座古庙走去，这是同学常来借了房间叉麻雀的地方。我们沿着同校舍平行的一条小路前进，两旁都生着稻麦之类，有三四尺高。走到一处十字叉口，我们看见左边横路旁伏着一只大狗，照例挥起我们的棒，他便窜去麦田里不见了。我们走了一程，到了第二个十字叉口，却又见这只狗从麦丛里露出半个身子，随即窜向前面的田里去了。我们觉得他的行为有点古怪，又看见他的尾巴似乎异常，猜想他不是寻常的狗，于是便把这一天的散步中止了。后来同学中也还有人遇见过他，因为手里有棒，大抵是他先回避了。原来过了五六年之后他还在那里，而且居然“白昼伤人”起来了。不知道他在现今还健在否？很想得到机会，去向现在南京海军鱼雷枪炮学校的同学打听一声。

十天以前写了一篇，从邮局寄给报社，不知怎的中途失落了，现在重新写过，却没有先前的兴致，只能把文中的大意纪录出来罢了。

十一年九月

【附录】

十五年前的回忆　汪仲贤

在《晨报副刊》上看见仲密先生谈江南水师学堂的事，不禁令我想起十五年前的学校生活。

仲密先生的话，大概离开现在有二十年了。他是我的老前辈，是没有见过面的同学。我与他不同的是他住在“管轮堂”，我住在“驾驶堂”。

我们在那校舍很狭小的上海私立学堂内读惯了书，刚进水师学堂觉得有许多东西看不顺眼。比我们上一辈的同学，每人占着一个大房间，里面挂了许多单条字画，桌上陈设了许多花瓶自鸣钟等东西，我们上海去的学生都称他们为“新婚式的房间”。

我们在上海私立学堂念书的时候，学生与教师之间，不分什么阶级，学生有了意见尽可以向教师发表。岂知这样舒服惯了，到了官立学校里去竟大上其当。我们这班学生是在上海考插班进去的，入学试验，数学曾考过诸等命分；谁知进了学堂，第一天上课时，那教员反来教我们1234十个亚喇伯数母。一连教了三天还没有教完，我忍不住了，对那教员说了一句：“我们早已学过这些东西了，何必再来糟踏光阴呢？”这一句话，触怒了那位教师，立刻板起面孔将我大骂一顿，并说“你敢这样挺撞我，明天禀了总办，将你开除！”我怕他真的开除我，吓得我立刻回房卷了铺盖逃回上海。两个月后，同学写信告诉我，那教员已被辞退了，我才敢回进去读书。

还有一位教汉文的老夫子告诉我们说：“地球有两个，一个自动，一个被动，一个叫东半球，一个叫西半球。”那时我因为怕开除，已不敢和他辩驳了。

我们住的房间门口的门槛，都踏成笔架山形，地板上都有像麻子般的焦点。二者都是老前辈在学堂留下的生活遗迹。

校中驾驶堂与管轮堂的同学隔膜得很厉害，平常不很通往来。我在校中四年多，管轮堂里只去过不满十次。据深悉水师学堂历史的人说，从前二堂的学生互相仇视，时常有决斗的事情发生。有一次最大的械斗，是借风雨操场和桅杆网边做战场，双方都殴伤了许多学生。学堂总办无法阻止，只对学生叹了几口气。不知仲密先生在学堂里的时候，可经过这件事吗？

我们驾驶堂的长方院子里，有四座砖砌的花台，每座台上有一株腊梅。我们看见腊梅花开放，就知道要预备年考了。考毕回家，腊梅花正开得茂盛的时候，明年到校上课，还可以闻得几天残香。这四株腊梅的香色，却只有驾驶堂的学生可以领略，住在管轮堂的同学是没有权利享的了。

在学堂里每日上下午上两大课，只有上午十点钟的时候得十分钟的休息。早晨吃了两三大碗稀饭，到十点钟下课，往往肚里饿得咕噜噜地叫；命听差到学堂门口买两个铜元山东烧饼，一个铜元麻油辣椒和醋，用烧饼蘸着吃，吃得又香又辣又酸又点饥，真比山珍海味还鲜。后来出了学堂，便没有机会尝这美味了。

仲密先生说的老更夫，我还看见的。他仍旧很康健，仍爱与人谈长毛故事。有几个小同学因他深夜里在关帝庙出入打更，很佩服他的胆子大，常向他打听“可见过鬼吗？”他说生平只有一次在饭厅傍边看见过一个黑影。他又说见怪不怪，其怪自退，所以他打更不怕鬼。我因为住的房间是在驾驶堂的东九号，窗外没有走廊，他也不常走进驾驶堂，所以我不能天天看见他，我对于他的感情也没有仲密先生与他的深。

我自幼生长在都市里，到了南京看见学堂后面的一带小山便十分欢喜；每逢生活烦闷的时候，便托故请了假独自到小山去闲逛。高兴的时候，可以越山过岭一直走到清凉山才回来。有一次我也是一个人，跑到一个小山顶上的栗子树林下睡着了一大觉，及至醒后下山，看见一处，白墙上贴着一张“警告行人”的招贴，说是本段山内近来出了一只大狼，时常白昼出来伤人……我看罢惊得一身冷汗，以后就不敢独自入山了。

我们临出学堂的时候，曾到鱼雷堂里去抄了三星期的讲义。我们身边陈列着几个真的鱼雷，手里写的许多Torpedo字样；但是教师与学生不发一言，手里写的和座位边陈列的究竟有什么关系，老实说我至今还是一点不明白。仲密先生现在还记得“白头鱼雷”等名词，足见老前辈比我们高明得多了，因为我一向就不知道白头鱼雷是什么！

“你是海军出身的人，跳在黄浦江里总不会淹死了吧？”我听得这种问，最是头疼。没有法子，我只得用以下两种话答复他们：“吃报馆饭的未必人人都会排字，吃唱戏饭的梅兰芳未必会打真刀真枪。”南京水师出身的学生不会泅水，大概是受那位淹死在游泳池里小老前辈的影响罢。

录《时事新报》“青光”

学校生活的一页

一九〇一年的夏天考入江南水师学堂，读“印度读本”才知道在经史子集之外还有“这里是我的新书”。但是学校的功课重在讲什么锅炉——听先辈讲话，只叫“薄厄娄”，不用这个译语，——或经纬度之类，英文读本只是敲门砖罢了。所以那印度读本不过发给到第四集，此后便去专弄锅炉，对于“太阳去休息，蜜蜂离花丛”的诗很少亲近的机会；字典也只发给一本商务印书馆的“华英字典”（还有一本那泰耳英文字典），表面写着“华英”，其实却是英华的，我们所领到的大约还是初版，其中有一个训作娈童的字，——原文已忘记了，——他用极平易通俗的一句话作注解，这是一种特别的标征，比我们低一级的人所领来的书里已经没有这一条了。因为是这样的情形，大家虽然读了他们的“新书”，却仍然没有得着新书的趣味，有许多先辈一出了学堂便把字典和读本全数遗失，再也不去看他，正是当然的事情。

我在印度读本以外所看见的新书，第一种是从日本得来的一本《天方夜谈》。这是伦敦纽恩士公司发行三先令半的插画本，其中有亚拉廷拿着神灯，和亚利巴巴的女奴拿了短刀跳舞的图，我还约略记得。当时这一本书不但在我是一种惊异，便是丢掉了字典在船上供职的老同学见了也以为得未曾有，借去传观，后来不知落在什么人手里，没有法追寻，想来即使不失落也当看破了。但是在这本书消灭之前，我便利用了它，做了我的“初出手”。《天方夜谈》里的《亚利巴巴与四十个强盗》是世界上有名的故事，我看了觉得很有趣味，陆续把它译了出来，——当然是用古文而且带着许多误译与删节。当时我一个同班的朋友陈君定阅苏州出版的《女子世界》，我就把译文寄到那里去，题上一个“萍云”的女子名字，不久居然登出，而且后来又印成单行本，书名是“侠女奴”。这回既然成功，我便高兴起来，又将美国亚伦坡（E.Allan Poe）的小说《黄金虫》译出，改名“山羊图”，再寄给女子世界社的丁君。他答应由小说林出版，并且将书名换作“玉虫缘”。至于译者名字则为“碧罗女士”！这大约都是一九零四年的事情。近来常见青年在报上通讯喜用姊妹称呼，或者自署称什么女士，我便不禁独自微笑，这并不是嘲弄的意思，不过因此想起十八九年前的旧事，仿佛觉得能够了解青年的感伤的心情，禁不住同情的微笑罢了。

此后我又得到几本文学书，但都是陀勒插画的《神曲》地狱篇，凯拉尔（Carlyle）的《英雄崇拜论》之类，没有法子可以利用。那时苏子穀在上海报上译登《惨世界》，梁任公又在《新小说》上常讲起“嚣俄”[①]，我就成了嚣俄的崇拜者，苦心孤诣的搜求他的著作，好容易设法凑了十六块钱买到一部八册的美国版的嚣俄选集。这是不曾见过的一部大书，但是因为太多太长了，却也就不能多看，只有《死囚的末日》和“*Claude Gueux*”这两篇时常拿来翻阅。一九〇六年的夏天住在鱼雷堂的空屋里，忽然发心想做小说，定名曰“孤儿记”，叙述孤儿的生活；上半是创造

① 现通译为雨果（Hugo）。

的，全凭了自己的贫弱的想像支撑过去，但是到了孤儿做贼以后便支持不住了，于是把嚣俄的文章尽量的放进去，孤儿的下半生遂成为Claude了：这个事实在例言上有没有声明，现在已经记不清楚，连署名用那两个字也忘记了。这篇小说共约二万字，直接寄给《小说林》，承他收纳，而且酬洋二十圆。这是我所得初次的工钱，以前的两种女性的译书只收到他们的五十部书罢了。这二十块钱我拿了到张季直所开的洋货公司里买了一个白帆布的衣包，其余的用作归乡的旅费了。

以上是我在本国学校时读书和著作的生活。那三种小书徼幸此刻早已绝版，就是有好奇的人恐怕也不容易找到了：这是极好的事，因为他们实在没有给人看的价值。但是在我自己却不是如此，这并非什么敝帚自珍，因为他们是我过去的出产，表示我的生活的过程的，所以在回想中还是很有价值，而且因了自己这种经验，略能理解现在及未来的后生的心情，不至于盛气的去呵斥他们，这是我所最喜欢的。我想过去的经验如于我们有若干用处，这大约是最重要的一点罢。

十一年十一月

初恋

那时我十四岁，她大约是十三岁罢。我跟着祖父的妾宋姨太太寄寓在杭州的花牌楼，间壁住着一家姚姓，她便是那家的女儿。她本姓杨，住在清波门头，大约因为行三，人家都称她作三姑娘。姚家老夫妇没有子女，便认她做干女儿，一个月里有二十多天住在他们家里，宋姨太太和远邻的羊肉店石家的媳妇虽然很说得来，与姚宅的老妇却感情很坏，彼此都不交口，但是三姑娘并不管这些事，仍旧推进门来游嬉。她大抵先到楼上去，同宋姨太太搭赳一回，随后走下楼来，站在我同仆人阮升公用的一张板桌旁边，抱着名叫"三花"的一只大猫，看我映写陆润庠的木刻的字帖。

我不曾和她谈过一句话，也不曾仔细的看过她的面貌与姿态。大约我在那时已经很是近视，但是还有一层缘故，虽然非意识的对于她很是感到亲近，一面却似乎为她的光辉所掩，开不起眼来去端详她了。在此刻回想起来，仿佛是一个尖面庞，乌眼睛，瘦小身材，而且有尖小的脚的少女，并没有什么殊胜的地方，但在我的性的生活里总是第一个人，使我于自己以外感到对于别人的爱着，引起我没有明了的性的概念的，对于异性的恋慕的第一个人了。

我在那时候当然是“丑小鸭”，自己也是知道的，但是终不以此而减灭我的热情。每逢她抱着猫来看我写字，我便不自觉的振作起来，用了平常所无的努力去映写，感着一种无所希求的迷蒙的喜乐。并不问她是否爱我，或者也还不知道自己是爱着她，总之对于她的存在感到亲近喜悦，并且愿为她有所尽力，这是当时实在的心情，也是她所给我的赐物了。在她是怎样不能知道，自己的情绪大约只是淡淡的一种恋慕，始终没有想到男女关系的问题。有一天晚上，宋姨太太忽然又发表对于姚姓的憎恨，末了说道：

“阿三那小东西，也不是好货，将来总要流落到拱辰桥去做婊子的。”

我不很明白做婊子这些是什么事情，但当时听了心里想道：

“她如果真是流落做了婊子，我必定去救她出来。”

大半年的光阴这样的消费过了。到了七八月里因为母亲生病，我便离开杭州回家去了。一个月以后，阮升告假回去，顺便到我家里，说起花牌楼的事情，说道：

“杨家的三姑娘患霍乱死了。”

我那时也很觉得不快，想像她的悲惨的死相，但同时却又似乎很是安静，仿佛心里有一块大石头已经放下了。

十一年九月

娱园

有三处地方，在我都是可以怀念的，——因为恋爱的缘故。第一是《初恋》里说过了的杭州，其二是故乡城外的娱园。

娱园是皋社诗人秦秋渔的别业，但是连在住宅的后面，所以平常只称作花园。这个园据王眉叔的《娱园记》说，是：

> 在水石庄，枕碧湖，带平林，广约顷许。曲构云缭，疏筑花幕。竹高出墙，树古当户。离离蔚蔚，号为胜区。

园筑于咸丰丁巳（一八五七年），我初到那里是在光绪甲午，已在四十年后，遍地都长了荒草，不能想见当时“秋夜联吟”的风趣了。园的左偏有一处名叫潭水山房，记中称它“方池湛然，帘户静镜，花水孕縠，笋石饾蓝”的便是。《娱园诗存》卷三中有诸人题词，樊樊山的《望江南》云：

> 冰縠净，山里钓人居。花覆书床偎瘦鹤，波摇琴幌散文鱼：水竹夜窗虚。

陶子缜的一首云：

> 潋潭莹，明瑟敞幽房。茶火瓶笙山蛎洞，柳丝泉筑水凫床：古帧写秋光。

这些文字的费解虽然不亚于公府所常发表的骈体电文，但因此总可约略想见它的幽雅了。我们所见只是废墟，但也觉得非常有趣，儿童的感觉原自要比大人新鲜，而且在故乡少有这样游乐之地，也是一个原因。

娱园主人是我的舅父的丈人，舅父晚年寓居秦氏的西厢，所以我们常有游娱园的机会。秦氏的西邻是沈姓，大约因为风水的关系，大门是偏向的，近地都称作“歪摆台门”。据说是明人沈青霞的嫡裔，但是也已很是衰颓，我们曾经去拜访他的主人，乃是一个二十岁左右的青年，跛着一足，在厅房里聚集了七八个学童，教他们读《千家诗》。娱园主人的儿子那时是秦氏的家主，却因吸烟终日高卧，我们到傍晚去找他，请他画家传的梅花，可惜他现在早已死去了。

忘记了是那一年，不过总是庚子以前的事罢。那时舅父的独子娶亲，（神安他们的魂魄，因为夫妇不久都去世了，）中表都聚在一处，凡男的十四人，女的七人。其中有一个人和我是同年同月生的，我称她为姊，她也称我为兄：我本是一只“丑小鸭”，没有一个人注意的，所以我隐密的怀抱着的对于她的情意，当然只是单面的，而且我知道她自小许给人家了，不容再有非分之想，但总感着固执的牵引，此刻想起来，倒似乎颇有中古诗人（Troubadour）的余风了。当时我们住在留鹤盦里，她们住在楼上。白天里她们不在房里的时候，我们几个较为年少的人便“乘虚内犯”走上楼去掠夺东西吃；有一次大家在楼上跳闹，我仿佛无意似的拿起她的一件雪青纺绸衫穿了跳舞起来，她的一个兄弟也一同闹着，不曾看出什么破绽来，是我很得意的一件事。后来读木下杢太郎的《食后之歌》看到一首《绛绢里》不禁又引起我的感触。

到龛上去取笔去，
钻过晾着的冬衣底下，
触着了女衫的袖子。
说不出的心里的扰乱，
“呀”的缩头下来：
南无，神佛也未必见罪罢，
因为这已是故人的遗物了。

在南京的时代，虽然在日记上写了许多感伤的话，（随后又都剪去，所以现在记不起它的内容了，）但是始终没有想及婚嫁的关系。在外边漂流了十二年之后，回到故乡，我们有了儿女，她也早已出嫁，而且抱着痼疾，已经与死当面立着了，以后相见了几回，我又复出门，她不久就平安过去。至今她只有一张早年的照相在母亲那里，因她后来自己说是母亲的义女，虽然没有正式的仪节。

自从舅父全家亡故之后，二十年没有再到娱园的机会，想比以前必更荒废了。但是它的影象总是隐约的留在我脑底，为我心中的火焰（Fiammetta）的余光所映照着。

十二年三月

故乡的野菜

我的故乡不止一个，凡我住过的地方都是故乡。故乡对于我并没有什么特别的情分，只因钓于斯游于斯的关系，朝夕会面，遂成相识，正如乡村里的邻舍一样，虽然不是亲属，别后有时也要想念到他。我在浙东住过十几年，南京东京都住过六年，这都是我的故乡；现在住在北京，于是北京就成了我的家乡了。

日前我的妻往西单市场买菜回来，说起有荠菜在那里卖着，我便想起浙东的事来。荠菜是浙东人春天常吃的野菜，乡间不必说，就是城里只要有后园的人家都可以随时采食，妇女小儿各拿一把剪刀一只“苗篮”，蹲在地上搜寻，是一种有趣味的游戏的工作。那时小孩们唱道：

荠菜马兰头，姊姊嫁在后门头。

后来马兰头有乡人拿来进城售卖了，但荠菜还是一种野菜，须得自家去采。关于荠菜向来颇有风雅的传说，不过这似乎以吴地为主。《西湖游览志》云：

三月三日男女皆戴荠菜花。谚云，三春戴荠花，桃李羞繁华。

顾禄的《清嘉录》上亦说：

> 荠菜花俗呼野菜花，因谚有三月三蚂蚁上灶山之语，三日人家皆以野菜花置灶陉上，以厌虫蚁。侵晨村童叫卖不绝。或妇女簪髻上以祈清目，俗号眼亮花。

但浙东人却不很理会这些事情，只是挑来做菜或炒年糕吃罢了。

黄花麦果通称鼠麴草，系菊科植物，叶小，微圆互生，表面有白毛，花黄色，簇生梢头。春天采嫩叶，捣烂去汁，和粉作糕，称黄花麦果糕。小孩们有歌赞美之云：

> 黄花麦果韧结结，
> 关得大门自要吃：
> 半块拿弗出，一块自要吃。

清明前后扫墓时，有些人家——大约是保存古风的人家——用黄花麦果作供，但不作饼状，做成小颗如指顶大，或细条如小指，以五六个作一攒，名曰茧果，不知是什么意思，或因蚕上山时设祭，也用这种食品，故有是称，亦未可知。自从十二三岁时外出不参与外祖家扫墓以后，不复见过茧果，近来住在北京，也不再见黄花麦果的影子了。日本称作“御形”，与荠菜同为春的七草之一，也采来做点心用，状如艾饺，名曰“草饼”，春分前后多食之，在北京也有，但是吃去总是日本风味，不复是儿时的黄花麦果糕了。

扫墓时候所常吃的还有一种野菜，俗名草紫，通称紫云英。农人在收获后，播种田内，用作肥料，是一种很被贱视的植物，但采取嫩茎瀹[1]食，味颇鲜美，似豌豆苗。花紫红色，数十亩接连不断，一片锦绣，如铺着华美的地毯，非常好看，而且花朵状若胡蝶，又如鸡雏，尤为小孩所喜。间有白色的花，相传可以治痢，很是珍重，但不易得。日本《俳句大辞典》云：

> 此草与蒲公英同是习见的东西，从幼年时代便已熟识，在女人里边，不曾采过紫云英的人，恐未必有罢。

中国古来没有花环，但紫云英的花球却是小孩常玩的东西，这一层我还替那些小人们欣幸的。浙东扫墓用鼓吹，所以少年常随了乐音去看"上坟船里的姣姣"；没有钱的人家虽没有鼓吹，但是船头上篷窗下总露出些紫云英和杜鹃的花束，这也就是上坟船的确实的证据了。

十三年二月

① yuè，煮。

北京的茶食

在东安市场的旧书摊上买到一本日本文章家五十岚力的《我的书翰》，中间说起东京的茶食店的点心都不好吃了，只有几家如上野山下的空也，还做得好点心，吃起来馅和糖及果实浑然融合，在舌头上分不出各自的味来。想起德川时代江户的二百五十年的繁华，当然有这一种享乐的流风余韵留传到今日，虽然比起京都来自然有点不及。北京建都已有五百余年之久，论理于衣食住方面应有多少精微的造就，但实际似乎并不如此，即以茶食而论，就不曾知道什么特殊的有滋味的东西。固然我们对于北京情形不甚熟悉，只是随便撞进一家饽饽铺里去买一点来吃，但是就撞过的经验来说，总没有很好吃的点心买到过。难道北京竟是没有好的茶食，还是有而我们不知道呢？这也未必全是为贪口腹之欲，总觉得住在古老的京城里吃不到包含历史的精炼的或颓废的点心是一个很大的缺陷。北京的朋友们，能够告诉我两三家做得上好点心的饽饽铺么？

我对于二十世纪的中国货色，有点不大喜欢，粗恶的模仿品，美其名曰国货，要卖得比外国货更贵些。新房子里卖的东西，便不免都有点怀疑，虽然这样说好像遗老的口吻，但总之关于风流享乐的事我是颇迷信传统的。我在西四牌楼以南走过，望着异馥斋的丈许高的独木招牌，不禁神往，因为这不但表示他是义和团以前的老店[1]，那模糊阴暗的字迹又引起我一种焚香静坐的安闲而丰腴的生活的幻想。我不曾焚过什么香，却对于这件事很有趣味，然而终于不敢进香店去，因为怕他们在香合[2]上已放着花露水与日光皂[3]了。我们于日用必需的东西以外，必须还有一点无用的游戏与享乐，生活才觉得有意思。我们看夕阳，看秋河，看花，听雨，闻香，喝不求解渴的酒，吃不求饱的点心，都是生活上必要的——虽然是无用的装点，而且是愈精炼愈好。可怜现在的中国生活，却是极端地干燥粗鄙，别的不说，我在北京彷徨了十年，终未曾吃到好点心。

十三年二月

---

① 1900年，八国联军侵华，义和团兴起反抗，其间大量商铺民宅被毁。以致二十多年后作者在西四牌楼以南看到店铺“丈许高的独木招牌”时，会视之为“义和团以前的老店”。

② 盛香之盒。

③ 民国时期山西新绛合华公司所产肥皂，有“国人用国货抵制东洋货”的标记。

喝茶

前回徐志摩先生在平民中学讲“吃茶”，——并不是胡适之先生所说的“吃讲茶”，——我没有工夫去听，又可惜没有见到他精心结构的讲稿，但我推想他是在讲日本的“茶道”（英文译作Teaism），而且一定说的很好，茶道的意思，用平凡的话来说，可以称作“忙里偷闲，苦中作乐”，在不完全的现世享乐一点美与和谐，在刹那间体会永久，是日本之“象征的文化”里的一种代表艺术。关于这一件事，徐先生一定已有透彻巧妙的解说，不必再来多嘴，我现在所想说的，只是我个人的很平常的喝茶罢了。

喝茶以绿茶为正宗。红茶已经没有什么意味，何况又加糖——与牛奶？葛辛（George Gissing）的《草堂随笔》（*Private Papers of Henry Ryecroft*）确是很有趣味的书，但冬之卷里说及饮茶，以为英国家庭里下午的红茶与黄油面包是一日中最大的乐事，支那饮茶已历千百年，未必能领略此种乐趣与实益的万分之一，则我殊不以为然。红茶带“土斯”未始不可吃，但这只是当饭，在肚饥时食之而已；我的所谓喝茶，却是在喝清茶，在赏鉴其色与香与味，意未必在止渴，自然更不在果腹了。中国古昔曾吃过煎茶及抹茶，现在所用的都是泡茶，冈仓觉三在《茶之书》

（*Book of Tea*，1919）里很巧妙的称之曰“自然主义的茶”，所以我们所重的即在这自然之妙味。中国人上茶馆去，左一碗右一碗的喝了半天，好像是刚从沙漠里回来的样子，颇合于我的喝茶的意思，（听说闽粤有所谓吃工夫茶者自然也有道理，）只可惜近来太是洋场化，失了本意，其结果成为饭馆子之流，只在乡村间还保存一点古风，唯是屋宇器具简陋万分，或者但可称为颇有喝茶之意，而未可许为已得喝茶之道也。

喝茶当于瓦屋纸窗之下，清泉绿茶，用素雅的陶瓷茶具，同二三人共饮，得半日之闲，可抵十年的尘梦。喝茶之后，再去继续修各人的胜业，无论为名为利，都无不可，但偶然的片刻优游乃正亦断不可少。中国喝茶时多吃瓜子，我觉得不很适宜；喝茶时可吃的东西应当是轻淡的“茶食”。中国的茶食却变了“满汉饽饽”，其性质与“阿阿兜”[①]相差无几，不是喝茶时所吃的东西了。日本的点心虽是豆米的成品，但那优雅的形色，朴素的味道，很合于茶食的资格，如各色的“羊羹”（据上田恭辅氏考据，说是出于中国唐时的羊肝饼），尤有特殊的风味。江南茶馆中有一种“干丝”，用豆腐干切成细丝，加姜丝酱油，重汤炖热，上浇麻油，出以供客，其利益为“堂倌”所独有。豆腐干中本有一种“茶干”，今变而为丝，亦颇与茶相宜。在南京时常食此品，据云有某寺方丈所制为最，虽也曾尝试，却已忘记，所记得者乃只是下关的江天阁而已。学生们的习惯，平常“干丝”既出，大抵不即食，等到麻油再加，开水重换之后，始行举箸，最为合式，因为一到即罄，次碗继至，不遑应酬，否则麻油三浇，旋即撤去，怒形于色，未免使客不欢而散，茶意都消了。

吾乡昌安门外有一处地方，名三脚桥（实在并无三脚，乃是

---

① 指外国人。

三出，因以一桥而跨三汊的河上也），其地有豆腐店曰周德和者，制茶干最有名。寻常的豆腐干方约寸半，厚三分，值钱二文，周德和的价值相同，小而且薄，几及一半，黝黑坚实，如紫檀片。我家距三脚桥有步行两小时的路程，故殊不易得，但能吃到油炸者而已。每天有人挑担设炉镬，沿街叫卖，其词曰：

辣酱辣，
麻油炸，
红酱搽，
辣酱拓：
周德和格五香油炸豆腐干。

其制法如上所述，以竹丝插其末端，每枚值三文。豆腐干大小如周德和，而甚柔软，大约系常品，惟经过这样烹调，虽然不是茶食之一，却也不失为一种好豆食。——豆腐的确也是极东的佳妙的食品，可以有种种的变化，唯在西洋不会被领解，正如茶一般。

日本用茶淘饭，名曰“茶渍”，以腌菜及“泽庵”（即福建的黄土萝卜，日本泽庵法师始传此法，盖从中国传去）等为佐，很有清淡而甘香的风味。中国人未尝不这样吃，唯其原因，非由穷困即为节省，殆少有故意往清茶淡饭中寻其固有之味者，此所以为可惜也。

十三年十二月

苍蝇

苍蝇不是一件很可爱的东西，但我们在做小孩子的时候都有点喜欢他。我同兄弟常在夏天乘大人们午睡，在院子里弃着香瓜皮瓤的地方捉苍蝇，——苍蝇共有三种，饭苍蝇太小，麻苍蝇有蛆太脏，只有金苍蝇可用。金苍蝇即青蝇，小儿谜中所谓“头戴红缨帽，身穿紫罗袍”者是也。我们把他捉来，摘一片月季花的叶，用月季的刺钉在背上，便见绿叶在桌上蠕蠕而动，东安市场有卖纸制各色小虫者，标题云“苍蝇玩物”，即是同一的用意。我们又把他的背竖穿在细竹丝上，取灯心草一小段放在脚的中间，他便上下颠倒的舞弄，名曰“戏棍”；又或用白纸条缠在肠上纵使飞去，但见空中一片片的白纸乱飞，很是好看。倘若捉到一个年富力强的苍蝇，用快剪将头切下，他的身子便仍旧飞去。希腊路吉亚诺思（Loukianos）的《苍蝇颂》中说：

> 苍蝇在被切去了头之后，也能生活好些时光。

大约二千年前的小孩已经是这样的玩耍的了。

我们现在受了科学的洗礼，知道苍蝇能够传染病菌，因此对于他们很有一种恶感。三年前卧病在医院时曾作有一首诗，后半云：

大小一切的苍蝇们，
美和生命的破坏者，
中国人的好朋友的苍蝇们呵，
我诅咒你的全灭，
用了人力以外的，
最黑最黑的魔术的力。

但是实际上最可恶的还是他的别一种坏癖气，便是喜欢在人家的颜面手脚上乱爬乱舔，古人虽美其名曰“吸美”，在被吸者却是极不愉快的事。希腊有一篇传说，说明这个缘起，颇有趣味。据说苍蝇本来是一个处女，名叫默亚（Muia），很是美丽，不过太喜欢说话。她也爱那月神的情人恩迭米盎（Endymion），当他睡着的时候，她总还是和他讲话或唱歌，使他不能安息，因此月神发怒，把她变成苍蝇。以后她还是记念着恩迭米盎，不肯叫人家安睡，尤其是喜欢搅扰年青的人。

苍蝇的固执与大胆，引起好些人的赞叹。诃美洛思（Homeros）在史诗中尝比勇士于苍蝇，他说，虽然你赶他去，他总不肯离开你，一定要叮你一口方才罢休。又有诗人云，那小苍蝇极勇敢地跳在人的肢体上，渴欲饮血，战士却躲避敌人的刀锋，真可羞了。我们侥幸不大遇见渴血的勇士，但勇敢地攻上来舐我们的头的却常常遇到，法勃耳（Fabre）的《昆虫记》里说有一种蝇，乘土蜂负虫入穴之时，下卵于虫内，后来蝇卵先出，把死虫和蜂卵一并吃下去。他说这种蝇的行为好像是一个红巾黑衣的暴客[1]

① 指强盗。

《女神与恩底弥翁》

Diana and Endymion

尼古拉斯·普桑 绘

Nicolas Poussin，1594—1665，法国

在林中袭击旅人，但是他的慓悍敏捷的确也可佩服，倘使希腊人知道，或者可以拿去形容阿迭修思（Odysseus）一流的狡狯英雄罢。

中国古来对于苍蝇似乎没有什么反感。《诗经》里说：

营营青蝇，止于樊。岂弟君子，无信谗言。

又云：

非鸡则鸣，苍蝇之声。

据陆农师说，青蝇善乱色，苍蝇善乱声，所以是这样说法。传说里的苍蝇，即使不是特殊良善，总之决不比别的昆虫更为卑恶。在日本的俳谐中则蝇成为普通的诗料，虽然略带湫秽[①]的气色，但很能表出温暖热闹的境界。小林一茶更为奇特，他同圣芳济一样，以一切生物为弟兄朋友，苍蝇当然也是其一。检阅他的俳句选集，咏蝇的诗有二十首之多，今举两首以见一斑。一云：

笠上的苍蝇，比我更早地飞进去了。

这诗有题曰“归庵”。又一首云：

不要打哪，苍蝇搓他的手，搓他的脚呢。

我读这一句，常常想起自己的诗觉得惭愧，不过我的心情总

① 矮小而污秽。

不能达到那一步，所以也是无法。《埤雅》云：

蝇好交其前足，有绞绳之象，……亦好交其后足。

这个描写正可作前句的注解。又绍兴小儿谜语歌云：

像乌豇豆格乌，像乌豇豆格粗，堂前当中央，坐得拉胡须。

也是指这个现象。（格犹云“的”，坐得即“坐着”之意。）

据路吉亚诺思说，古代有一个女诗人，慧而美，名叫默亚，又有一个名妓也以此为名，所以滑稽诗人有句云：

默亚咬他直达他的心房。

中国人虽然永久与苍蝇同桌吃饭，却没有人拿苍蝇作为名字，以我所知只有一二人被用为诨名而已。

十三年七月

破脚骨

“破脚骨”——读若Phacahkueh，是我们乡间的方言，就是说“无赖子”，照王桐龄教授《东游杂感》的笔法，可以这样说：——破脚骨官话曰无赖曰光棍，古语曰泼皮曰破落户，上海曰流氓，南京曰流户曰青皮，日本曰歌罗支其，英国曰罗格……。这个名词的本意不甚明了，望文生义地看去大约因为时常要被打破脚骨，所以这样称的罢。他们的职业是讹诈，俗称敲竹杠。小破脚骨沿路寻事，看见可欺的人便撞过去，被撞的如说一句话，他即吆喝说，Taowan bar gwaantatze？意思是说撞了倒反不行吗，于是扭结不放，同党的人出来邀入茶馆评理，结果是被撞的人算错，替大家会钞了事。这是最普通的一种方法，此外还有许多，我也不很明白了。至于大破脚骨专做大票生意，如包娼戳赌或捉奸勒索等，不再做这些小勾当，他们的行径有点与“破靴党”[①]相近，所差者只在他们不是秀才罢了。

这些人当然不是好人，便有喜欢做翻案文章的人也不容易把他们说好，但是，他们也有可取的地方。他们也有自己的道德，尚义与勇，即使并非同帮，只要在酒楼茶馆会过一两面，他们便

① 原指地方上家境破落，品行不端而声气相通，恃众闹事的士子。后亦泛指破落无赖的团伙。

算有交情，不再来暗算，而且有时还肯保护。我在往江南当水兵以前，同兄弟在乡间游手好闲的时候，大有流为破脚骨之意，邻近的几个小破脚骨都有点认识，远房亲戚的破靴党不算在内。我们因此不曾被人撞过，有一两次还叨他们的光。有一回我已经不在家，我的兄弟（其时他只十四五岁）同母亲往南街看戏；那时还没有什么戏馆，只在庙台上演戏敬神，近地的人在两旁搭盖看台，租给人家使用，我们也便租了两个坐位，后来台主不知为何忽下逐客令，大约要租给阔人了，坐客一时大窘，恰巧我们所认识的一个小破脚骨正在那里看戏，于是便去把他找来，他对台主说道："你这台不租了吗？那么由我出租了。"台主除收回成命之外，还对他赔了许多小心，这才完事。在他这强横的诡辩里边，实在很含有不少的诙谐与爱娇。二十世纪以来不曾再见到他，听说他后来眼瞎了，过了几年随即去世，——请你永远平安地休息罢！

一个人要变成破脚骨，须有相当的训练，与古代的武士修行一样，不是很容易的事。破脚骨的生活里最重要的事件是挨打，所以非有十足的忍苦忍辱的勇气，不能成为一个像样的破脚骨，小破脚骨与人家相打，且骂且脱衣，随将右手各拔敌人的辫发而以左手各自握其发根，于是互相推拥，以被挤至路边将背贴墙者为负。大破脚骨则不然，他拔出尖刀，但并不刺人，只拿在手中，自指其股曰"戳！"敌人或如命而戳一下，则再命令曰"再戳！"如戳至再三而毫不呼痛，刺者却不敢照样奉陪，那便算大败，不复见齿于同类。能禁得殴打，术语曰"受路足"，是破脚骨修养的最要之一。此外官司的经验也很重要，他们往往大言于茶馆中云，"屁股也打过，大枷也戴过，"亦属破脚骨履历中很出色的项目。有些大家子弟流为破脚骨者，因门第的影响，无被官刑之虑，这两项的修炼或可无须，唯挨打仍属必要。我有一个同族的长辈，通文，能写二尺方的大字，做了破脚骨，一年的春分日在宗祠中听见他自伐其战功，说Tarngfan yir banchir，banchir yir tarngfan，意云打倒又爬起，爬起又打倒，这两句话实在足以代表“破脚骨道”之精义了。在现时人心不古的时代，破脚骨也堕落了，变成商埠码头的那些拆梢[1]的流氓，回想昔日乡间的破脚骨，已经如书中的列仙高士，流风断绝，邈乎其不可复追矣。

我在默想堂伯父的战功，不禁想起《吉诃德先生》（*Don Quixote*——林琴南先生译作当块克苏替，陆祖鼎先生译作唐克孝，丁初我先生在二十年前译作唐夸特），以及西班牙的“流氓小说”（Novelas de Picaros）来。中国也有这班人物，为什么除了《水浒传》的泼皮牛二以外，没有人把他们细细地写下来；不然倒真可以造成一类“流氓生活的文学”（“Picaresque Literature”）哩。——这两个英文，陆先生在《学灯》上却把它译作“盗贼文学”，啊啊，轻松的枷杖的罪名竟这样地被改定了一个大辟[2]，（在现行治盗条例的时期，）却是冤哉枉也。然而这也怪不得陆先生，因为《英汉字典》中确将“流氓”（Picaroon）这字释作劫掠者，盗贼等等也。

十三年六月

① 方言，敲诈。

② 大辟是中国古代五刑之一。隋以前死刑的通称。

日本的海贼

海贼——这是一个多么美而浪漫的名词！我们读过《洛宾荷德》的民谣禁不住爱那群绿林的豪客，读过摆伦的诗“The Corsair”大约也不免要爱那海贼了。我们如再读得驳杂一点，科耳西加岛的亡命（Bandit）和希腊的山盗（Klephtes）也将成为我们的老朋友，就是梁山泊的忠义堂在施耐庵的口中似乎觉得也比任何衙门都要好一点。但是，书房里的空想与现实是别一回事，无论怎样崇拜英雄的人，决不愿意在路上遇见“背娘舅”①在水上吃“板刀面”②，正如《水浒》的爱读者不会愿被拉到抱犊固③上去过夜。讲到日本的海贼，尤其使人惊悚，因为在满兵未杀进关来之前他们曾经来拜访过许多海口，像我那海边的故乡还留下好些踪迹。我幼时看张宗子的《於越三不朽图赞》，见有一幅是姚长子，当初以为这一定是姚家的大少爷，所以这样的称法，后来才知道这应读作Yau dzangtzeh，是一个穷民，以身长得此诨名，（真名因此不传，）遇倭寇之难成为义

① 采取突袭的手法，用绳索从背后套住脖子将其绞杀。

② 旧时江湖黑话，指被砍死后再推入水中。

③ 属山东沂蒙山脉，位于山东省枣庄市山亭区东南部。明末清初农民起义领袖九山王王俊和民国时孙美瑶等曾据于此地。

民。本来家有贞节即表示家门之不幸，国有义烈亦足征国民之受难，姚长子得入于不朽之列，即此可以想见当时海贼深入的情形了。

这是四百年以前的事了，那时日本正是足利幕府的后半，纲维不振，所以有这样事情，现在维新之后，一跃而为头等文明强国，政府又正在禁止研究社会科学以维持治安，昔日野蛮余风无复留遗，海贼这两个字已成为历史上的名词了。有些人到中国来，卖一点卫生的金丹和护身的黑铁给我们，或者到森林里提倡一点武士道，那是有的，不过这都是有名誉的浪人，决没有一个海贼。总之，干脆的说一句，日本的海贼这一个俗语是应该取消的了。——然而，前天看日本报忽然见到“海贼江连”判决的记事，令我愕然。仔细想了一会，总算想起来了。前年还不知道是前前年，有所谓大辉丸事件发生：江连力一郎等三十三人夺取大辉丸商船，把船上的中国朝鲜俄国的乘客都惨杀了。据说杀法都不一样，有的用枪放，有的用刀劈。支那人，露助①，以及唷波们，这拿来试日本刀倒真是很好的，也是江连这样剑师的本色；日本人中有不敢劈的，则由勇士们批其颊以惩戒之激励之。在现在不公平的法律面前这不得不姑称为海贼行为，虽然江连实在是一个大好汉，志士，或者如他所自称的“国士”：在日本的国士眼中东亚人算不得是人，俄国又是夷人兼庙街事件②的仇敌，砍掉十几个试试刀，活活脉络，这算什么？这不过是武士道的一点活动罢了。

---

① 露助（日语：ろすけ）是日本人对俄罗斯人的蔑称。起源自明治时代。

② 1918年，日本追随美国出兵西伯利亚，对新生的苏维埃国家进行武装干涉。1920年4月美国撤军后，日本军队仍赖着不走，引起了苏俄人民更强烈的反抗。1920年5月27日，当地游击队与日军发生武力冲突后，放火烧毁了庙街城(尼古拉耶夫斯克)，使日方人员共计384人在大火中烧死，这就是“庙街事件”。

日本是法治的文明国，听见了这件事到底不能沉默，于是开始查办了。一干人犯都已拘到，查了又查，审了又审，花了一年以上的光阴，于本年二月二十七日遂在东京地方审判厅判决。照我们半开化的思想推测，至少江连一个总应该正法了，殊不知这是近于野蛮的思想，在文明国是决没有的。惨杀十四个外国乘客的海贼首魁江连力一郎判处徒刑十二年！于是听审的群众立刻欢呼曰："名裁判，名裁判！"是的，这并算不得重，但也似乎不能说轻了，因为有国际的关系所以不好再轻，然而未免有点对不起武士道与国士吧。铃辨事件的山田宪[①]伏了法了，大逆的难波大助[②]更不用说，不过这是别一类的事情，或者应该与甘粕宪兵大尉[③]并论才对。甘粕似乎刑期已经减得很短，（现在听说已暗地放免了，六月补注。）江连的刑期或者未免比较的太长了，虽然将来自然也会赦免。——关于这些忠义之士的命运自有纵横俱乐部等国民团体替他照顾，生前赡家，死后造铜像，不劳我们操心；我所搁在心中不能忘记的只是日本有海贼戕杀多人，而他又是国士，只判一个徒刑，而民众颂扬为名裁判。我以前觉得在日本旅行比中国安全，此后却不能

---

① 山田宪，时任日本农商务省外米管理部长官，生自医生世家，祖上是武士。因为利益纠葛将米商铃木弁藏残忍杀害，将尸体肢解后装入皮箱抛弃。法庭上，山田宪以武士道精神自辩，称自己只是利用从父亲和祖父那里学来的医学知识，完成了一次"实验"。旁听席上的人们都被他的言语所震惊。

② 1923年甘粕事件后，因为同情于无政府主义者的悲惨遭遇，众议院议员难波作之进的四子难波大助因此对皇室和朝廷失望，铤而走险，在东京虎门公园行刺裕仁皇太子未遂，被判处死刑。

③ 1923年9月，日本发生关东大地震，由于担心无政府主义者会推翻政府，宪兵大尉甘粕正彦在东京逮捕了无政府主义者大杉荣、其妻子伊藤野枝和他6岁外甥橘宗一并绞杀，弃尸古井中。此事引起轩然大波，"甘粕正彦"成了残无人性的法西斯分子的代名词，被判服惩役10年。但日本军方却认为甘粕正彦此举源自忠君爱国，倾全力暗中营救，后恩赦减刑至2年10个月。

没有戒心，即使未必有夜过临城[1]的那样危险，也总觉得处处有日本刀之光影在。

然而日本毕竟把海贼江连判了十二年的徒刑，我们中国人不能不佩服而且惭愧。

十四年三月

① 指临城劫车案，1923年5月发生在山东省临城县（今枣庄市薛城区）境内的一起火车旅客绑架案，被称为继义和团运动以后中国最严重的涉外事件。

我们的敌人

我们的敌人是什么？不是活人，乃是野兽与死鬼，附在许多活人身上的野兽与死鬼。

小孩的时候，听了《聊斋志异》或《夜谈随录》的故事，黑夜里常怕狐妖僵尸的袭来；到了现在，这种恐怖是没有了，但在白天里常见狐妖僵尸的出现，那更可怕了。在街上走着，在路旁站着，看行人的脸色，听他们的声音，时常发见妖气，这可不是“画皮”么？谁也不能保证。我们为求自己安全起见，不能不对他们为“防御战”。

有人说：“朋友，小心点，像这样的神经过敏下去，怕不变成疯子，——或者你这样说，已经有点疯意也未可知。”不要紧，我这样宽懈的人那里会疯呢？看见别人便疑心他有尾巴或身上长着白毛，的确不免是疯人行径，在我却不然，我是要用了新式的镜子从人群中辨别出这些异物而驱除之。而且这法子也并不烦难，一点都没有什么神秘：我们只须看他，如见了人便张眼露齿，口咽唾沫，大有拿来当饭之意，则必是“那件东西”，无论他在社会上是称作天地君亲师[1]，银

[1] 天地君亲师，中国儒家祭祀的对象，为古代祭天地、祭祖、祭圣贤等民间祭祀的综合。

行家，拆白党[①]或道学家。

据达尔文他们说，我们与虎狼狐狸之类讲起来本来有点远亲，而我们的祖先无一不是名登鬼箓的，所以我们与各色鬼等也不无多少世谊。这些话当然是不错的，不过远亲也好，世谊也好，他们总不应该借了这点瓜葛出来烦扰我们。诸位远亲如要讲亲谊，只应在山林中相遇的时节，拉拉胡须，或摇摇尾巴，对我们打个招呼，不必戴了枯髅来夹在我们中间厮混；诸位世交也应恬静的安息在草叶之阴，偶然来我们梦里会晤一下，还算有点意思，倘若像现在这样化作“重来”（Revenants），居然现形于化日光天之下，那真足以骇人视听了。他们既然如此胡为，要来侵害我们，我们也就不能再客气了，我们只好凭了正义人道以及和平等等之名来取防御的手段。

听说昔者欧洲教会和政府为救援异端起见，曾经用过一个很好的方法，便是将他们的肉体用一把火烧了，免得他的灵魂去落地狱。这实在是存心忠厚的办法，只可惜我们不能采用，因为我们的目的是相反的；我们是要从这所依附的肉体里赶出那依附着的东西，所以应得用相反的方法。我们去拿许多桃枝柳枝，荆鞭蒲鞭，尽力的抽打面有妖气的人的身体，务期野兽幻化的现出原形，死鬼依托的离去患者，留下借用的躯壳，以便招寻失主领回。这些赶出去的东西，我们也不想“聚而歼旃[②]”，因为“嗖”的一声吸入瓶中用丹书封好重汤煎熬，这个方法现在似已失传，至少我们是不懂得用，而且天下大矣，万牲百鬼，汗牛充栋，实属办不胜办，所以我们敬体上天好生之德，并不穷追，只要兽走

① 拆白党（赤膊党），20世纪20至40年代的上海俚语，泛指上海地区一群纠党并以色相行骗，白饮白食骗财骗色的青少年。后来拆白党的声名大盛，凡属骗人财物的案件，国内皆称为拆白行为。

② 旃（zhān），文言助词。“之焉”二字的合读。

于圹，鬼归其穴，各安生业，不复相扰，也就可以罢手，随他去了。

至于活人，都不是我们的敌人，虽然也未必全是我们的友人。——实在，活人也已经太少了，少到连打起架了也没有什么趣味了。等打鬼打完了之后，（假使有这一天，）我们如有兴致，喝一碗酒，卷卷袖子，再来比一比武，也好罢。（比武得胜，自然有美人垂青等等事情，未始不好，不过那是《劫后英雄略》的情景，现在却还是《西游记》哪。）

十三年十二月

十字街头的塔

厨川白村著有两本论文集，一本名“出了象牙之塔”，又有一本名为“往十字街头”，表示他要离了纯粹的艺术而去管社会事情的态度。我现在模仿他说，我是在十字街头的塔里。

我从小就是十字街头的人。我的故里是华东的西朋坊口，十字街的拐角有四家店铺，一个麻花摊，一爿矮癞胡所开的泰山堂药店，一家德兴酒店，一间水果店，我们都称这店主人为华陀，因为他的水果奇贵有如仙丹。以后我从这条街搬到那条街，吸尽了街头的空气，所差者只没有在相公殿①里宿过夜，因此我虽不能称为道地的“街之子”，但总是与街有缘，并不是非戴上耳朵套不能出门的人物，我之所以喜欢多事，缺少绅士态度，大抵即由于此，从前祖父也骂我这是下贱之相。话虽如此，我自认是引车卖浆之徒，却是要乱想的一种，有时想掇个凳子坐了默想一会，不能像那些“看看灯的”人们长站在路旁，所以我的卜居不得不在十字街头的塔里了。

说起塔来，我第一想到的是故乡的怪山上的应天塔。据说琅琊郡的东武山，一夕飞来，百姓怪之，故曰怪山，后来怕它又要

① 相公殿是一座寺庙，位于慈溪崇寿镇。

飞去，便在上边造了一座塔。开了前楼窗一望，东南角的一幢塔影最先映到眼里来，中元前后塔上满点着老太婆们好意捐助去照地狱的灯笼，夜里望去更是好看。可惜在宣统年间塔竟因此失了火，烧得只剩了一个空壳，不能再容老太婆上去点灯笼了。十年前我曾同一个朋友去到塔下徘徊过一番，拾了一块断砖，砖端有阳文楷书六字，曰“护国禅师月江”，——终于也没有查出这位和尚是什么人。

但是我所说的塔，并不是那“窣堵波”[①]，或是“救人一命胜造七级浮图[②]”的那件东西，实在是像望台角楼之类，在西国称作——用了大众欢迎的习见的音义译写出来——“塔围”的便是；非是异端的，乃是帝国主义的塔。浮图里静坐默想本颇适宜，现在又什么都正在佛化，住在塔里也很时髦，不过我的默想一半却是口实，我实在是想在喧闹中得安全地，有如前门的珠宝店之预备着铁门，虽然廊房头条的大楼别有禳灾的象征物。我在十字街头久混，到底还没有入他们的帮，挤在市民中间，有点不舒服，也有点危险，（怕被他们挤坏我的眼镜，）所以最好还是坐在角楼上，喝过两斤黄酒，望着马路吆喝几声，以出胸中闷声，不高兴时便关上楼窗，临写自己的《九成宫》，多么自由而且写意。写到这里忽然想起欧洲中古的民间传说，木板画上表出哈多主教逃避怨鬼所化的鼠妖，躲在荒岛上好像大烟通似的砖塔内，露出头戴僧冠的上半身在那里着急，一大队老鼠都渡水过来，有一只大老鼠已经爬上塔顶去了，——后来这位主教据说终于被老鼠们吃下肚去。你看，可怕不

---

① 窣堵波（sū dǔ bō），又称窣堵坡，音译自梵文（stūpa），是源于印度的塔的一种形式。原是埋葬佛祖释迦牟尼火化后留下的舍利的一种佛教建筑，窣堵坡意为坟冢。随着佛教在各地的发展，后来塔也成为高僧圆寂后埋藏舍利的建筑。

② 即浮屠，皆佛陀之异译。佛教为佛所创，古人因称佛教徒为浮屠，佛教为浮屠道，后并称佛塔为浮屠。

可怕？这样说来，似乎那种角楼又不很可靠了。但老鼠可进，人则不可进，反正我不去结怨于老鼠，也就没有什么要紧。我再想到前门外铁栅门之安全，觉得我这塔也可以对付，倘若照雍涛先生的格言亭那样建造，自然更是牢固了。

别人离了象牙的塔走往十字街头，我却在十字街头造起塔来住，未免似乎取巧罢？我本不是任何艺术家，没有象牙或牛角的塔，自然是站在街头的了，然而又有点怕累，怕挤，于是只好住在临街的塔里，这是自然不过的事。只是在现今中国这种态度最不上算，大众看见塔，便说这是智识阶级，（就有罪，）绅士商贾见塔在路边，便说这是党人，（应取缔。）不过这也没有什么妨害，还是如水竹村人[①]所说“听其自然”，不去管它好罢，反正这些闲话都靠不住也不会久的。老实说，这塔与街本来并非不相干的东西，不问世事而缩入塔里原即是对于街头的反动，出在街头说道工作的人也仍有他们的塔，因为他们自有其与大众乖戾的理想。总之只有预备跟着街头的群众去瞎撞胡混，不想依着自己的意见说一两句话的人，才真是没有他的塔。所以我这塔也不只是我一个人有，不过这个名称是由我替他所取的罢了。

十四年二月

---

① 徐世昌，字卜五，号菊人，晚号水竹村人。清末民初著名政治人物。

上下身

戈丹的三个贤人，
坐在碗里去漂洋去。
他们的碗倘若牢些，
我的故事也要长些。

——英国儿歌

人的肉体明明是一整个，（虽然拿一把刀也可以把他切开来，）背后从头颈到尾间一条脊椎，前面从胸口到“丹田”一张肚皮，中间并无可以卸拆之处，而吾乡（别处的市民听了不必多心）的贤人必强分割之为上下身，——大约是以肚脐为界。上下本是方向，没有什么不对，但他们在这里又应用了大义名分的大道理，于是上下变而为尊卑，邪正，净不净之分了：上身是体面绅士，下身是“该办的”下流社会。这种说法既合于圣道，那么当然是不会错的了，只是实行起来却有点为难。不必说要想拦腰的“关老爷一大刀”分个上下，就未免断送老命，固然断乎不可，即使在该办的范围内稍加割削，最端正的道学家也决不答应的。平常沐浴时候，（幸而在贤人们这不很多，）要备两条手巾两只盆两桶水，分洗两个阶级，稍一疏忽不是连上便是犯下，紊了尊卑之序，深于德化有妨，又或坐在高凳上打盹，跌了一个倒栽葱，更是本末倒置，大非佳兆了。由我们愚人看来，这实在是无事自扰，一个身子站起睡倒或是翻个筋斗，总是一个身子，并不如猪肉可以有里脊五花肉等之分，定出贵贱不同的价值来。吾乡贤人之所为，虽曰合于圣道，其亦古代蛮风之遗留欤。

有些人把生活也分作片段，仅想选取其中的几节，将不中意的梢头弃去。这种办法可以称之曰抽刀断水，挥剑斩云。生活中大抵包含饮食，恋爱，生育，工作，老死这几样事情，但是联结在一起，不是可以随便选取一二的。有人希望长生而不死，有人主张生存而禁欲，有人专为饮食而工作，有人又为工作而饮食，这都有点像想齐肚脐锯断，钉上一块底板，单把上半身保留起来。比较明白而过于正经的朋友则全盘承受而分别其等级，如走路是上等而睡觉是下等，吃饭是上等而饮酒喝茶是下等是也。我并不以为人可以终日睡觉或用茶酒代饭吃，然而我觉得睡觉或饮酒喝茶不是可以轻蔑的事，因为也是生活之一部分。百余年前日本有一个艺术家是精通茶道的，有一回去旅行，每到驿站必取出茶具，悠然的点起茶来自喝。有人规劝他说，行旅中何必如此，他答得好："行旅中难道不是生活么。"这样想的人才真能尊重并享乐他的生活。沛德（W. Pater）曾说，我们生活的目的不是经验之果而是经验本身。正经的人们只把一件事当作正经生活，其余的如不是不得已的坏癖气也总是可有可无的附属物罢了：程度虽不同，这与吾乡贤人之单尊重上身，（其实是，不必细说，正是相反，）乃正属同一种类也。

戈丹（Gotham）地方的故事恐怕说来很长，这只是其中的一两节而已。

十四年二月

黑背心

我不知怎地觉得是生在黑暗时代，森林中虺蜴虎狼之害总算是没有了，无形的鬼魅却仍在周围窥伺，想吞吃活人的灵魂。我对于什么民有民享，什么集会言论自由，都没有多大兴趣，我所觉得最关心的乃是文字狱信仰狱等思想不自由的事实。在西洋文化史里中古最牵引我的注音，宗教审问所的"信仰行事"[①]（Auto da fe）喽，满画火焰与鬼的黑背心[②]（Sambenito）喽，是我所顶心爱的事物，犹如文明绅士之于交易所的消息。不过虽有这个嗜好而很难得满足，在手头可以翻阅的只是柏利（Bury）教授的《思想自由史》和洛柏孙（Robertson）的《古今自由思想小史》等，至于素所羡慕的黎（H. Lea）氏的《中古及西班牙宗教审问史》则在此刻"竭诚枵腹[③]"的时候无缘得见，虽然在南城书店的尘封书架上看见书背金字者已逾十次，但终未曾振起勇气抽出一卷来看它一看。

---

① 宗教法庭之宣判及对异教徒所处的火刑。

② 圣宾尼陀服（西班牙语：sambenito），是一种刑罚用的衣服。西班牙宗教裁判所判决异端者时常让犯人穿着。与修道士的肩衣类似，常见的一种是黄底配大红交叉十字，另一种则是黑底配上修道士、龙、火焰和恶魔的形象。

③ 枵腹，空腹，谓饥饿。

日本废姓外骨的《笔祸史》早看过了，虽有些离奇的地方，不能算什么，倘若与中国相比。在内田鲁庵的《貘之舌》里见到一篇讲迫害基督教徒的文章，知道些十七世纪时日本政府对于所谓邪宗门所用的种种毒奇的刑法，但是很略，据说有公教会发行的《鲜血遗书》及《公教会之复活》两书纪载较详，却也弄不到手。最近得到姊崎正治博士所著《切支丹宗门之迫害及潜伏》，知道一点迫害者及被迫害者的精神状态，使我十分高兴。切支丹即“南蛮”（葡萄牙）语Christan的译音，还有吉利支丹，鬼理死丹，切死丹等等译法，现代纪述大都采用这个名称，至于现今教徒则从英语称Christian了。书中有几章是转录当时流传的鼓励殉道的文书，足以考见教徒的心情，固然很可宝重，但特别令我注意的是在禁教官吏所用的手段。其一是恩威并用，大略像雍正之对付曾静，教门审问记录第七种中有这一节话可供参考：

先前一律处斩，挂杀或火焚之时，神甫仍时时渡来，其后改令弃教，归依日本佛教，安置小日向切支丹公所内，赏给妻女，神甫则各给十人口粮，赐银百两，讯问各项事情，有不答者即付拷问，自此以后教徒逐渐减少。

如意大利人约瑟喀拉（Giuseppe Chiara）弃教后入净土宗，纳有司所赐死刑囚之妻，承受其先夫的姓名曰冈本三右卫门，在教门审问处办事，死后法号入专净真信士，即其一例。

其二是零碎查办，不用一网打尽的方法。教门审问记录第五种中有一条云：

如有人告密，举发教徒十人者，其时应先捕三人或五人查办，不宜一举逮捕十人。但“有特别情形之时”

应呈请指示机宜办理。

不过这只是有司手段之圆滑，在被迫害者其苦痛或更甚于一网打尽，试举葛木村权之丞妻一生三十三年中的大事，可以想见这是怎样的情形。

一六三六　生
　　五九　母病死
　　六〇　夫权之丞被捕旋死刑
　　六一　先夫之妹四人被捕
　　六二　夫妹四人死刑
　　　　　侄婿权太郎被捕
　　　　　再嫁平兵卫
　　六五　夫弟太兵卫夫之从妹阿松被捕
　　六六　夫弟太兵卫死刑
　　　　　夫之从妹阿渊被捕
　　六七　本人与先夫之继母同被捕
　　六八　本人与夫之从妹二人同时死刑
　　　　　夫平卫兵被捕
　　七二　夫平卫兵死刑

其三是利用告密。据延宝二年（1674）所出赏格，各项价目如下：

神甫　银五百枚
教士　银三百枚
教友　银五十或一百枚

这种手段虽然一时或者很有成效，但也担负不少的牺牲，因为这恶影响留下在国民道德上者至深且大。在中国则现今还有些人实行此策，恬不为怪，战争时的反间收买，或互出赏格，不必说了，就是学校闹潮的时候，校长也常用些小手段，“釜底抽薪”，使多数化为少数，然而学风亦因此败坏殆尽。还有旧式学校即在平时也利用告密，使学生互相侦察秘密报告于监督，则尤足以使学生品格堕落。据同乡田成章君说他有一个妹子在一教会女校读书，校规中便有奖励学生告密的文句，此真是与黑暗时代相称之办法。

我们略知清朝诛除大逆之文字狱的事迹，但是排斥异端之禁教事件却无从去查考，我觉得这是很可惜的。如有这样的一部书出现，我当如何感激，再有一部佛教兴废史那自然是更好了。读《弘明集》《佛道论衡》等书，虽是一方面之言，也已给与我们不少的趣味与教训，若有系统的学术的叙述，其益岂有限量，我愿预约地把它写入“青年必读书”十部之内了。

我觉得中国现在最切要的是宽容思想之养成。此刻现在决不是文明世界，实在还是二百年前黑暗时代，所不同者以前说不得甲而现今则说不得乙，以前是皇帝而现今则群众为主，其武断专制却无所异。我相信西洋近代文明之精神只是宽容，我们想脱离野蛮也非从这里着力不可。着力之一法便是参考思想争斗史，从那里看出迫害之愚与其罪恶，反抗之正当，而结果是宽容之必要。昔罗志希君译柏利的《思想自由史》登在《国民公报》上，因赴美留学中辍，时时想起，深觉得可惜，不知他回国后尚有兴致做这样工作否？我颇想对他劝进，像他劝吴稚晖先生似的。

十四年六月

托尔斯泰的事情

一两个月前中国报上载，托尔斯泰著作被俄国社会主义政府禁止，并且毁书造纸，改印列宁著书云。当初大家不肯相信，还有些人出力辩护，所以我也以为又是欧美帝国的造谣，但是近来据俄国官场消息，禁止乃是确实的，不过拿去造还魂纸与否是个疑问罢了。在信奉一样东西为天经地义的群众中间这类的事是可以有的，本来不足为奇，托尔斯泰著作之被残毁也并不始于今日，我们不必代为不平；我因此事而想起，想略略一谈的乃是别一个托尔斯泰的事情。

所谓别一个者即是亚力舍托尔斯泰（Aleksei Tolstoi 1817—1875）。他是诗人戏剧家，又作小说，最有名的是《银公爵》（*Kniaz Serebriannyi*），——十六七年前我曾译为古文，寄给上海书铺，回信说他们也已译出，退了回来；后来有一部《不测之威》出现，据说即是此书，我的译本经人家拿去看，随后就遗失了。这是他的著作与中国相关的一点因缘，除此以外我们便不知道什么了。近来看德国该倍耳（Koebel）博士的小品文集，才略知托尔斯泰的思想，使我发生很大的敬意。一八七四年意大利具倍耳那帖思（Gubernatis）教授要编一种列传体文人辞典，征求各人的自叙略历，托尔斯泰的答书中说，“简短而自憙①的答覆你一句，使能知道我在俄国文学上的位置。我被一部分的人所迫害，又被别一部分的人所爱好。此外还有奇怪的事情。一方面我被目为政治上的逆行者，别一方面在有威权的社会里又几乎以我为革命家！”他在后面又说明道，“我的著作里的伦理的基调以及根本情调，可以简单的说，在于表示——一方面对于专制政治的憎恶，别一方面对于努力提高恶劣而抑下优良之伪自由主义的憎恶。这二重的憎恶使我对于一切压制专断，无论在什么境地，用什么形式与名义，都表示反对。”我们相信立在文化最高处的精神上之贵族主义者其主张不外对于一切压制专断的憎恶与反抗，那么这亚力舍托尔斯泰真是可以景仰的人，而且由我看来似乎比那禁欲的老弟还要可亲了。

达尔文的《人种由来》译成俄文的时候，检查官想禁止它的出版，因为达尔文所说与圣书的抟土成人不同。托尔斯泰听见这个信息，便写了一封又诙谐又严正的信给检查局长郎吉诺夫（Mikhal Longinov），其文曰：

> 密哈耳兄，听说达尔文的学说使你非常惊愕懊恼，至于想禁止它的翻译传播，这件事是真的么？请你容我说一句话。密哈耳兄，你仔细的想一想吧！足下的后面未必长着一条尾巴，那么对于在大洪水以前或者有过也未可知的事情为什么这样的着急呢？人类这种东西，他所做的或者只在播种罢了，对于这种子里出来的果实他是不负责任的。哥白尼之说已经与摩西不同了，在足下——对于古希伯来传说同我的老乳母一样地抱着畏敬

① 憙（xǐ），指喜悦。后作“喜”。

之念的足下看来，那么伽理勒也非由检查局禁止不可。但是倘若听从理性的呼声，承认一切学问不能忍受如何的禁制，须在完全自由之下才能繁盛，足下有什么权利可以宣布禁止呢？创世之时你曾在场么？为什么人类一定不能逐渐的变成现在的形状呢？足下又未必想对于造物主的工作指示他比这个更好的方法吧。神怎样地工作，怎样地创造，为什么创造，又正是那样地创造而不是别样的，这些事情即使是检查局长也到底不能知道。但是以我所知，并且欲对足下一言者，即以达尔文为异端而加以迫害，反将使足下多少有异端气味是也。何则？主张除了《创世记》所说的方法以外不能造人类者亦异端也，而且比达尔文更是恶性的异端。这岂不就是限制神之全知全能么？好像是说神不得不那样地造人类，而且不能用别的方法去造！朋友，这个结论很是明了，于检查官之足下更特是危险。盖足下因此始创不信任神的主属性之恶例，且因此颇有为教会所罚之虞，恐非在极边的修道院里挨过服役年限不可吧。

或者生为人类的足下之威严因为达尔文的猿猴说而感到侮辱么？在我个人看来，土块的祖先也并不见得比猿猴更为高贵。

但是这些都暂且不说，达尔文在那里胡说乱道或者是有的，惟因此去迫害他，这实在是百倍的胡闹而且可恶。又或者你从他的学说里看出虚无主义的旗帜么？这真奇了！虚无主义与达尔文有什么相同之点，这两者岂不是相反的么？达尔文想把我们从动物状态提高到人的境地来，虚无主义者则想把人间抑下到动物状态去，他们自己就是猿猴说的活证据。在他们的性质与粗暴的动作里可以看出隔世遗传之最明了的征候。他们现在已是污秽愚笨无耻傲慢疏忽，要咬人，倘再进一步，这个复归于动物状态的事业便成功了。——女人，牧师的妻与女儿也都研究起达尔文来了，这件事足下也不必怎么着急。那也只是与穿了王侯的衣裳俨然阔步的家伙同一种类的猿猴罢了。这个罪也并不在达尔文身上，密哈耳兄，听我的话，不要生气，不要为了那发疯似的牧师的女儿们的缘故去迫害达尔文吧！

好朋友呵，还有一句话要告诉你。我们俄国人并不是有支那的万里长城那样东西把我们从别的国民隔离开来，所以不管你锁住了门，学问还是一声不响地侵进我国里来。学问这件东西，真是大胆的，他并不顾虑你检查局的决议与禁止，还是散布出他的光明。所以，好朋友呵，你想迫胁他，拿了用旧了的木塞想来阻止他的潮流，你是决不会成功的呵！

后来达尔文的书居然不曾禁止，据许多人推测，与这封信多少有点关系。我们固然景仰托尔斯泰的胸怀宽大，但也不能不佩服密哈耳局长之还有一点知识也。

俄国人是宗教的国民。现在制度改变了，神，圣书，据说是不相信了，但这不过是没有那旧的一套罢了。新的密哈耳局长还在那检查局里决议，禁止，这回轮到托尔斯泰老弟的身上，我们方才知道。所依据的是什么呢？神，圣书，当然是；不过这当然是新的一套了。这并不足奇，而且是别人家的事，与我们有什么相干；我们还是讲自己的事吧。……他能比俄国好么？我即使十分爱国也万不敢说。爱和平，宽容，这都是自己称赞的话，我却不敢附和。我觉得中国人的大病在于喜欢服从与压制，最缺乏的是对于一切专制之憎恶。俄国有密哈耳局长，也有亚力舍托尔斯泰，中国则满街都是密哈耳局长（而没有那一点的知识），所以我对于俄国的禁止事件不敢怎么批评，还是我们自己趁还可以说一两句话的时候好好地利用这个机会吧。

【附记】亚力舍托尔斯泰信中的虚无主义者当然与克鲁巴金《自叙传》里所说的不是一类。自《父与子》至《苍白马》中所描写的英雄，即使不是可爱，也总是可敬的人，然而天下之鱼目恒多于真珠，所以虚无主义遂几乎被猿猴所专卖了。托尔斯泰的地位正如庚子年的聂士成，实在很可同情，现在那位老弟尚且禁止，那么他的文集或者早已做了粗纸了吧。

十四年二月五日

蔼理斯的话

蔼理斯（Havelock Ellis）是我所最佩服的一个思想家，但是他的生平我不很知道，只看他自己说十五岁时初读斯温朋（Swinburne）的《日出前之歌》，计算大约生于一八五六年顷。我最初所见的是他的《新精神》，系《司各得丛书》之一，价一先令，近来收在美国的“现代丛书”里。其次是《随感录》及《断言》。这三种都是关于文艺思想的批评，此外有两性，犯罪，以及梦之研究，是专门的著述，都处处有他的对于文化之明智的批判，也是很可贵的，但其最大著作总要算是那六册的《性的心理研究》。这种精密的研究或者也还有别人能做，至于那样宽广的眼光，深厚的思想，实在是极不易得。我们对于这些学问原是外行人，但看了他的言论，得到不少利益，在我个人总可以确说，要比各种经典集合起来所给的更多。但是这样的思想，在道学家的群众面前，不特难被理解，而且当然还要受到迫害，所以这研究的第一卷出版，即被英国政府禁止发卖，后来改由美国的一个医学书局发行，才算能够出版。这部大著当然不是青年的读物，唯在常识完具的成人，看了必有好处；道学家在中国的流毒并不小于英国的清教思想，所以健全思想之养成是切要的事。

哈维洛克·蔼理斯

Havelock Ellis, 1859—1939，英国

蔼理斯排斥宗教的禁欲主义，但以为禁欲亦是人性之一分子；欢乐与节制二者并存，且不相反而实相成：人有禁欲的倾向，即所以防欢乐的过量，并即以增欢乐的程度。他在《圣芳济与其他》一篇论文中曾说：

> 有人以此二者（即禁欲与耽溺）之一为其生活的唯一目的者，其人将在尚未生活之前早已死了。有人先将其一推至极端，再转而之他，其人才真能了解人生是什么，日后将被记念为模范的圣徒。但是始终尊重这二重理想者，那才是知生活法的明智的大师。……一切生活是一个建设与破坏，一个取进与付出，一个永远的构成作用与分解作用的循环。要正当地生活，我们须得模仿大自然的豪华与其严肃。

他在上边又曾说道：

> 生活之艺术，其方法只在于微妙地混和取与舍二者而已。

很能简明的说出这个意思。

在《性的心理研究》第六卷跋文末尾有这两节话：

> 有些人将以我的意见为太保守，有些人以为太偏激。世上总常有人很热心的想攀住过去，也常有人热心的想攫得他们所想像的未来。但是明智的人，站在二者之间，能同情于他们，却知道我们是永远在于过渡时代。在无论何时，现在只是一个交点，为过去与未来相

遇之处；我们对于二者都不能有什么争向。不能有世界而无传统；亦不能有生命而无活动。正如赫拉克来多思（Heraclitus）在现代哲学的初期所说，我们不能在同一川流中入浴二次，虽然如我们在今日所知，川流仍是不断的回流。没有一刻无新的晨光在地上，也没有一刻不见日没。最好是闲静地招呼那熹微的晨光，不必忙乱的奔向前去，也不要对于落日忘记感谢那曾为晨光之垂死的光明。

在道德的世界上，我们自己是那光明使者，那宇宙的顺程即实现在我们身上。在一个短时间内，如我们愿意，我们可以用了光明去照我们路程的周围的黑暗。正如在古代火炬竞走——这在路克勒丢思（Lucretius）看来似是一切生活的象征——里一样，我们手里持炬，沿着道路奔向前去。不久就要有人从后面来，追上我们。我们所有的技巧，便在怎样的将那光明固定的炬火递在他的手内，我们自己就隐没到黑暗里去。

这两节话我最喜欢，觉得是一种很好的人生观。“现代丛书”本的《新精神》卷首，即以此为题词，（不过第一节略短些，）或者说是蔼理斯的代表思想亦无不可。最近在《人生之舞蹈》的序里也有相类的话，大意云，赫拉克来多思云人不能在同一川流中入浴二次，但我们实在不得不承认一连续的河流，有同一的方向与形状。关于河中的常变不住的浴者，也可以同样的说：

因此，世界不但有变化，亦有统一。多之差异与一之固定保其平均。此所以生活必为舞蹈，因为舞蹈正是这样：永久的微微变化的动作，而与全体的形状仍不相乖忤。

（上边的话，有说的不很清楚的地方，由于译文词不达意之故，其责全在译者。）

十三年二月

承张崧年君指示，知道蔼理斯是一八五九年生的，特补注于此。

十四年十月

生活之艺术

契诃夫（Tchekhov）书简集中有一节道（那时他在爱珲附近旅行）：

> 我请一个中国人到酒店里喝烧酒，他在未饮之前举杯向着我和酒店主人及伙计们，说道"请"。这是中国的礼节。他并不像我们那样的一饮而尽，却是一口一口的啜，每啜一口，吃一点东西；随后给我几个中国铜钱，表示感谢之意。这是一种怪有礼的民族。……

一口一口的啜，这的确是中国仅存的饮酒的艺术：干杯者不能知酒味，泥醉者不能知微醺之味。中国人对于饮食还知道一点享用之术，但是一般的生活之艺术却早已失传了。中国生活的方式现在只是两个极端，非禁欲即是纵欲，非连酒字都不准说即是浸身在酒槽里，二者互相反动，各益增长，而其结果则是同样的污糟。动物的生活本有自然的调节，中国在千年以前文化发达，一时颇有臻于灵肉一致之象，后来为禁欲思想所战胜，变成现在这样的生活，无自由，无节制，一切在礼教的面具底下实行迫压与放恣，实在所谓礼者早已消灭无存了。

生活不是很容易的事。动物那样的，自然地简易地生活，是其一法；把生活当作一种艺术，微妙地美地生活，又是一法：二者之外别无道路，有之则是禽兽之下的乱调的生活了。生活之艺术只在禁欲与纵欲的调和。蔼理斯对于这个问题很有精到的意见，他排斥宗教的禁欲主义，但以为禁欲亦是人性的一面；欢乐与节制二者并存，且不相反而实相成。人有禁欲的倾向，即所以防欢乐的过量，并即以增欢乐的程度。他在《圣芳济与其他》一篇论文中曾说道：

> 有人以此二者（即禁欲与耽溺）之一为其生活之唯一目的者，其人将在尚未生活之前早已死了。有人先将其一（耽溺）推至极端，再转而之他，其人才真能了解人生是什么，日后将被记念为模范的高僧。但是始终尊重这二重理想者，那才是知生活法的明智的大师。……一切生活是一个建设与破坏，一个取进与付出，一个永远的构成作用与分解作用的循环。要正当地生活，我们须得模仿大自然的豪华与严肃。

他又说过：

> 生活之艺术，其方法只在于微妙地混和取与舍二者而已。

更是简明的说出这个意思来了。

生活之艺术这个名词，用中国固有的字来说便是所谓礼。斯谛耳博士在《仪礼》序上说：

> 礼节并不单是一套仪式，空虚无用，如后世所沿袭者。这是用以养成自制与整饬的动作之习惯，唯有能领解万物感受一切之心的人才有这样安详的容止。

从前听说辜鸿铭先生批评英文“礼记”译名的不妥当，以为“礼”不是Rite而是Art，当时觉得有点乖僻，其实却是对的，不过这是指本来的礼，后来的礼仪礼教都是堕落了的东西，不足当这个称呼了。中国的礼早已丧失，只有如上文所说，还略存于茶酒之间而已。去年有西人反对上海禁娼，以为妓院是中国文化所在的地方，这句话的确难免有点荒谬，但仔细想来也不无若干理由。我们不必拉扯唐代的官妓，希腊的“女友”（Hetaira）的韵事来作辩护，只想起某外人的警句，“中国挟妓如西洋的求婚，中国娶妻如西洋的宿娼，”或者不能不感到“爱之术”（Ars Amatoria）真是只存在草野之间了。我们并不同某西人那样要保存妓院，只觉得在有些怪论里边，也常有真实存在罢了。

中国现在所切要的是一种新的自由与新的节制，去建造中国的新文明，也就是复兴千年前的旧文明，也就是与西方文化的基础之希腊文明相合一了。这些话或者说的太大太高了，但据我想舍此中国别无得救之道，宋以来的道学家的禁欲主义总是无用的了，因为这只足以助成纵欲而不能收调节之功。其实这生活的艺术在有礼节重中庸的中国本来不是什么新奇的事物，如《中庸》的起头说：

> 天命之谓性，率性之谓道，修道之谓教。

照我的解说即是很明白的这种主张。不过后代的人都只拿去讲章旨节旨，没有人实行罢了。我不是说半部《中庸》可以济世，但以表示中国可以了解这个思想。日本虽然也很受到宋学的影响，生活上却可以说是承受平安朝的系统，还有许多唐代的流风余韵，因此了解生活之艺术也更是容易。在许多风俗上日本的确保存这艺术的色彩，为我们中国人所不及，但由道学家看来，或者这正是他们的缺点也未可知罢。

十三年十一月

狗抓地毯

美国人摩耳（J. H. Moore）给某学校讲伦理学，首五讲是说动物与人之“蛮性的遗留”（Survival of Savage）的，经英国的唯理协会拿来单行出版，是一部很有趣味与实益的书。他将历来宗教家道德家聚讼不决的人间罪恶问题都归诸蛮性的遗留，以为只要知道狗抓地毯，便可了解一切。我家没有地毯，已故的老狗Ess是古稀年纪了，也没力气抓，但夏天寄住过的客犬Bona与Petty却真是每天咕哩咕哩地抓砖地，有些狗临睡还要打许多圈：这为什么缘故呢？据摩耳说，因为狗是狼变成的，在做狼的时候，不但没有地毯，连砖地都没得睡，终日奔走觅食，倦了随地卧倒，但是山林中都是杂草，非先把它搔爬践踏过不能睡上去；到了现在，有现成的地方可以高卧，用不着再操心了，但是老脾气还要发露出来，做那无聊的动作。在人间也有许多野蛮（或者还是禽兽）时代的习性留存着，本是已经无用或反而有害的东西了，唯有时仍要发动，于是成为罪恶，以及别的种种荒谬迷信的恶习。

这话的确是不错的。我看普通社会上对于事不干己的恋爱事件都抱有一种猛烈的憎恨，也正是蛮性的遗留之一证。这几天是冬季的创造期，正如小孩们所说门外的“狗也正在打仗”，我们家里的青儿大抵拖着尾巴回来，他的背上还负着好些的伤，都是先辈所给的惩创。人们同情于失恋者，或者可以说是出于扶弱的“义侠心”，至于憎恨得恋者的动机却没有这样正大堂皇，实在只是一种咬青儿的背脊的变相，实行禁欲的或放纵的生活的人特别要干涉“风化”，便是这个缘由了。

还有一层，野蛮人都有生殖崇拜的思想，这本来也没有什么可笑，只是他们把性的现象看得太神奇了，便生出许多古怪的风俗。弗来则博士的《金枝》（J. G. Frazer, *The Golden Bough*——我所有只是一卷的节本。据五六年前的《东方杂志》说，这乃是二千年前希腊的古书，现在已经散逸云！）上讲过“种植上之性的影响”很是详细。（在所著*Psyche's Task*中亦举例甚多。）野蛮人觉得植物的生育的手续与人类的相同，所以相信用了性行为的仪式可以促进稻麦果实的繁衍。这种实例很多，在爪哇还是如此，欧洲现在当然找不到同样的习惯了，但遗迹也还存在，如德国某地秋收的时候，割稻的男妇要同在地上打几个滚，即其一例。两性关系既有这样伟大的感应力，可以催迫动植的长养，一面也就能够妨害或阻止自然的进行，所以有些部落那时又特别厉行禁欲，以为否则将使诸果不实，百草不长。社会反对别人的恋爱事件，即是这种思想的重现。虽然我们看出其中含有动物性的嫉妒，但还以对于性的迷信为重要分子，他们非意识地相信两性关系有左右天行的神力，非常习的恋爱必将引起社会的灾祸，殃及全群，（现代语谓之败坏风化，）事关身命，所以才有那样猛烈的憎恨。我们查看社会对于常习的结婚的态度，更可以明了上文所说的非谬。普通人对于性的问题都怀着不洁的观念，持斋修道的人更避忌新婚生产等的地方，以免触秽：大家知道，宗教上的污秽其实是神圣的一面，多岛海的不可译的术语“太步”（Tabu）一语，即表示此中的消息。因其含有神圣的法力，足以损害不能承受的人物，这才把他隔离，无论他是帝王，法师，或成年的女子，以免危险，或称之曰污秽，污秽神圣实是一物，或可统称为危险的力。社会喜欢管闲事，而于两性关系为最严厉，这是什么缘故呢？我们从蛮性的遗留上着眼，可以看出一部分出于动物求偶的本能，一部分出于野蛮人对于性的危险力的迷信。这种老祖宗的遗产，我们各人分有一份，很不容易出脱，但是藉了科学的力量，知道一点实在情形，使理知可以随时自加警戒，当然有点好处。道德进步，并不靠迷信之加多而在于理性之清明，我们希望中国性道德的整饬，也就不希望训条的增加，只希望知识的解放与趣味的修养。科学之光与艺术之空气，几时才能侵入青年的心里，造成一种新的两性观念呢？我们鉴于所谓西方文明国的大势，若不是自信本国得天独厚，一时似乎没有什么希望。然而说也不能不姑且说说耳。

十三年十二月

净观

日本现代奇人废姓外骨（本姓官武）在所著《猥亵与科学》（1925出版，非卖品）附录《自著秽亵书目解题》中猥亵废语辞汇项下注云：

> 大正六年发行政治杂志《民本主义》，第一号出去即被禁止，兼处罚金，且并表示以后每号均当禁止发行。我实在无可如何，于是动手编纂这书，自序中说：
>
> “我的性格可以说是固执着过激与猥亵这两点，现在我所企画的官僚政治讨伐，大正维新建设之民本主义宣传既被妨害窘迫，那么自然的归着便不得不倾于性的研究与神秘泄漏。此为本书发行之理由，亦即我天职之发挥也。”云云。

著者虽然没有明言，他的性情显然是对于时代的一种反动，对于专制政治及假道学的教育的反动。我不懂政治，所以这一方面没有什么话说，但在反抗假道学的教育一方面则有十二分的同感。外骨氏的著书，如关于浮世绘川柳以及笔祸赌博私刑等风俗研究各种，都觉得很有兴味，唯最使我佩服的是他的所谓猥亵趣

弗朗索瓦·拉勃来

François Rabelais, ?—1939，法国

味，即对于礼教的反抗态度。平常对于猥亵事物可以有三种态度，一是艺术地自然，二是科学地冷淡，三是道德地洁净：这三者都是对的，但在假道学的社会中我们非科学及艺术家的凡人所能取的态度只是第三种，（其实也以前二者为依据，）自己洁净地看，而对于有不洁净的眼的人们则加以白眼，嘲弄，以至于训斥。

我最爱欧洲文艺复兴时代的文人，因为他们有一种非礼法主义显现于艺术之中，意大利的波加屈（Boccaccio）与法国的拉勃来（Rabelais）可为代表。波加屈是艺术家，拉勃来则是艺术而兼科学家，但一样的也都是道德家，《十日谈》中满漂着现世思想的空气，大渴王（Pantagruel）[①]故事更是猛烈地攻击政教的圣殿，一面建设起理想的德勒玛寺来。拉勃来所以不但“有伤风化”，还有“得罪名教”之嫌，要比波加屈更为危险了。他不是狂信的殉道者，也异于冷酷的清教徒，他笑着，闹着，披着猥亵的衣，出入于礼法之阵，终于没有损伤，实在是他的本领。他曾象征地说：

> 我生来就够口渴了，用不着再拿火来烤。

他又说将固执他的主张，直到将要被人荼毗[②]为止：这一点很使我们佩服，与我们佩服外骨氏之被禁止三十余次一样。

中国现在假道学的空气浓厚极了，官僚和老头子不必说，就是青年也这样，如批评心琴画会展览云：

---

① 讽刺小说《巨人传》中的人物。

② 荼毗（tú pí），梵语发音，又有写成“阇鼻多”（du bi duo）。本为燃烧之意，通常指火葬，为印度四葬之一。

绝无一幅裸体画，更见其人品之高矣！

中国之未曾发昏的人们何在，为什么还不拿了“十字架”起来反抗？我们当从艺术科学尤其是道德的见地，提倡净观，反抗这假道学的教育，直到将要被火烤了为止。

十四年二月

与友人论性道德书

雨村兄：

长久没有通信，实在因为太托熟了，况且彼此都是好事之徒，一个月里总有几篇文字在报纸上发表，看了也抵得过谈天，所以觉得别无写在八行书①上之必要。但是也有几句话，关于《妇人杂志》的，早想对你说说，这大约是因为懒，拖延至今未曾下笔，今天又想到了，便写这一封信寄给你。

我如要称赞你，说你的《妇人杂志》办得好，即使是真话也总有后台喝采的嫌疑，那是我所不愿意说的，现在却是别的有点近于不满的意见，似乎不妨一说。你的恋爱至上的主张，我仿佛能够理解而且赞同，但是觉得你的《妇人杂志》办得不好，——因为这种杂志不是登载那样思想的东西。《妇人杂志》我知道是营业性质的，营业与思想——而且又是恋爱！差的多么远？我们要谈思想，三五个人自费赔本地来发表是可以的，然而在营业性质的刊物上，何况又是*The Ladies' Journal*……那是期期以为不可。我们要知道，营业与真理，职务与主张，都是断乎不可混同，你却是太老实地“借别人的酒杯浇自己的块垒”，虽不愧为

① 旧时信纸大多用红线直分为八行，故称书信为八行书。

忠实的妇女问题研究者，却不能算是一个好编辑员了。所以我现在想忠告你一声，请你留下那些“过激”的“不道德”的两性伦理主张预备登在自己的刊物上，另外重新依据营业精神去办公家的杂志，千万不要再谈为ladies and gentlemen所不喜的恋爱；我想最好是多登什么做鸡蛋糕布丁杏仁茶之类的方法以及刺绣裁缝梳头束胸捷诀，——或者调查一点缠脚法以备日后需要时登载尤佳。白话丛书里的《女诫注释》此刻还可采取转录，将来读经潮流自北而南的时候自然应该改登《女儿经》了。这个时代之来一定不会很迟，未雨绸缪现在正是时候，不可错过。这种杂志青年男女爱读与否虽未敢预言，但一定很中那些有权威的老爷们的意，待多买几本留着给孙女们读，销路不愁不广。即使不说销路，跟着圣贤和大众走总是不会有过失的，纵或不能说有功于世道人心而得到褒扬。总之我希望你划清界限，把气力卖给别人，把心思自己留起，这是酬世锦囊里的一条妙计，如能应用，消灾纳福，效验有如《波罗密多心咒》。然而我也不能赞成你太热心地发挥你的主张，即使是在自办的刊物上面。我实在可叹，是一个很缺少“热狂”的人，我的言论多少都有点游戏态度。我也喜欢弄一点过激的思想，拨草寻蛇地去向道学家寻事，但是如法国拉勃来（Rabelais）那样只是到“要被火烤了为止”，未必有殉道的决心。好像是小孩踢球，觉得是颇愉快的事，但本不期望踢出什么东西来，踢到倦了也就停止，并不预备一直踢到把腿都踢折，——踢折之后岂不还只是一个球么？我们发表些关于两性伦理的意见，也只是自己要说，难道就希冀能够于最近的或最远的将来发生什么效力！耶稣，孔丘，释迦，梭格拉底的话，究竟于世间有多大影响，我不能确说，其结果恐不过自己这样说了觉得满足，后人读了觉得满足——或不满足，如是而已。我并非绝对不信进步之说，但不相信能够急速而且完全地进步；我觉得世界无论变到那个样子，争斗，杀伤，私通，离婚这些事总是不会绝迹的。我们的高远的理想境到底只是我们心中独自娱乐的影片。为了这种理想，我也愿出力，但是现在还不想拼命。我未尝不想志士似的高唱牺牲，劝你奋斗到底，但老实说我惭愧不是志士，不好以自己所不能的转劝别人，所以我所能够劝你的只是不要太热心，以致被道学家们所烤。最好是望见白炉子留心点，暂时不要走近前去，当然也不可就改入白炉子党，——白炉子的烟稍淡的时候仍旧继续做自己的工作，千万不要一下子就被"烤"得如翠鸟牌香烟。我也知道如有人肯撙出他的头皮，直向白炉子的口里钻，或者也可以把它掀翻；不过，我重复地说，自己还拼不出，不好意思坐在交椅里乱嚷，这一层要请你原谅。

上礼拜六晚写到这里，夜中我们的小女儿忽患急病，整整地忙了三日，现在虽然医生声明危险已过，但还需要十分慎重的看护，所以我也还没有执笔的工夫，不过这封信总得寄出了，不能不结束一句。总之，我劝你少发在中国是尚早的性道德论，理由就是如上边所说，至于青年黄年之误会或利用那都是不成问题。这一层我不暇说了，只把陈仲甫先生一九二一年所说的话（《新青年》随感录一一七）抄一部分在后面：

青年底误会

"教学者如扶醉人，扶得东来西又倒。"现代青年底误解，也和醉人一般。……你说婚姻要自由，他就专门把写情书寻异性朋友做日常重要的功课。……你说要脱离家庭压制，他就抛弃年老无依的母亲。你说要提倡社会主义共产主义，他就悍然以为大家朋友应该养活他。你说青年要有自尊底精神，他就目空一切，妄自尊大，不受善言了。……

你看，这有什么办法，除了不理它之外？不然你就是只讲做鸡蛋糕，恐怕他们也会误解了，吃鸡蛋糕吃成胃病呢！匆匆不能多写了，改日再谈。

十四年四月十七日，署名

与友人论怀乡书

废然兄：

萧君文章里的当然只是理想化的江南。凡怀乡怀国以及怀古，所怀者都无非空想中的情景，若讲事实一样没有什么可爱。在什么书中（《恋爱与心理分析》？）见过这样一节话，有某甲妻甚凶悍，在她死后某甲怀念几成疾，对人辄称道她的贤惠，因为他忘记了生前的妻的凶悍，只记住一点点好处，逐渐放大以至占据了心的全部。我们对于不在面前的事物不胜恋慕的时候，往往不免如此，似乎是不能深怪的。但这自然不能凭信为事实。

在我个人或者与大家稍有不同。照事实讲来，浙东是我的第一故乡，浙西是第二故乡，南京第三，东京第四，北京第五。但我并不一定爱浙江。在中国我觉得还是北京最为愉快，可以住居，除了那春夏的风尘稍为可厌。以上五处之中常常令我怀念的倒是日本的东京以及九州关西一带的地方，因为在外国与现实社会较为隔离，容易保存美的印象，或者还有别的原因。现在若中国则自然之美辄为人事之丑恶所打破，至于连幻想也不易构成，所以在史迹上很负盛名的於越在我的心中只联想到毛笋杨梅以及老酒，觉得可以享用，此外只有人民之鄙陋浇薄，天气之潮湿，苦热等等，引起不快的追忆。我生长于海边的水乡，现在虽不能说对于水完全没有情愫，但也并不怎么恋慕，去对着什刹海的池塘发怔。绍兴的应天塔，南京的北极阁，都是我极熟的旧地，但回想起来也不能令我如何感动，反不如东京浅草的十二阶更有一种亲密之感，——前年大地震时倒坍了，很是可惜，犹如听到老朋友家失火的消息，雷峰塔的倒掉只觉得失了一件古物。我这种的感想或者也不大合理亦未可知，不过各人有独自经验，感情往往受其影响而生变化，实在是没法的事情。

在事实方面，你所说的努力用人力发展自然与人生之美，使它成为可爱的世界，是很对也是很要紧的。我们从理性上说应爱国，只是因为不把本国弄好我们个人也不得自由生存，所以这是利害上的不得不然，并非真是从感情上来的离了利害关系的爱。要使我们真心地爱这国或乡，须得先把它弄成可爱的东西才行。这一节所说的问题或者很有辩论的余地，（在现今爱国教盛行的时候，）我也不预备来攻打这个擂台，只是见了来信所说，姑且附述己见，表示赞同之意而已。

一九二五年五月七日

与友人论国民文学书

木天兄：

承示你同伯奇兄的论国民文学的信，我觉得对于你们的意见能够充分了解。传道者说，“日光之下并无新事。”我想这本来也是很自然很平常的道理，不过是民族主义思想之意识地发现到文学上来罢了。这个主张的理由明若观火，一国的文学如不是国民的，那么应当如何，难道可以是殖民的或遗老的么？无论是幸不幸，我们既生为中国人，便不自主地分有汉族的短长及其运命。我们第一要自承是亚洲人（“Asiatics”！）中之汉人，拼命地攻上前去，取得在人类中汉族所应享的幸福，成就所能做的工作，——倘若我们不自菲薄，不自认为公共的奴才。只可惜中国人里面外国人太多，西崽气与家奴气太重，国民的自觉太没有，所以政治上既失了独立，学术文艺上也受了影响，没有新的气象。国民文学的呼声可以说是这种堕落民族的一针兴奋剂，虽然效果如何不能预知，总之是适当的办法。

但是我要附加一句，提倡国民文学同时必须提倡个人主义。我见有些鼓吹国家主义的人对于个人主义竭力反对，不但国家主义失其根据，而且使得他们的主张有点宗教的气味，容易变成狂信。这个结果是凡本国的必好，凡别国的必坏，自己的国土是世界的中心，自己的争战是天下之正义，而犹称之曰“自尊心”。我们反抗人家的欺侮，但并不是说我们便可以欺侮人；我们不愿人家抹杀我们的长处，但并不是说我们还应护自己的短。我们所要的是一切的正义：凭了正义我们要求自主与自由，也正凭了正义我们要自己谴责，自己鞭挞。我们现在这样地被欺侮，一半固然是由于别人的强横，一半——至少至少一半——也在于自己的堕落。我们在反对别人之先或同时，应该竭力发掘铲除自己的恶根性，这才有民族再生的希望，否则只是拳匪思想之复活。拳匪的排外思想我并不以为绝对地非是，但其本国必是而外国必非的偏见，可以用“国粹”反抗新法的迷信，终是拳匪的行径，我所绝对反对的。有人信奉国家主义之后便非古文不做，非古诗不诌，这很令我怀忧，恐正当的国家主义要恶化了。我们提倡国民文学于此点要十分注意，不可使其有这样的流弊。所以我仿你的说法要加添几句，便是在积极地鼓吹民族思想以外，还有这几件工作：

我们要针砭民族卑怯的瘫痪，

我们要消除民族淫猥的淋毒，

我们要切开民族昏愦的痈疽，

我们要阉割民族自大的风狂。

以上是三月一日我覆你的一封信，曾登在《京报副刊》第八十号上，今重录于此，因为现在我的意见还只是这样。我不知怎地很为遗传学说所迫压，觉得中国人总还是中国人，无论是好是坏，所以保存国粹正可不必，反正国民性不会消灭，提倡欧化也是虚空，因为天下不会有像两粒豆那样相似的民族，叫他怎么化得过来。现在要紧的是唤起个人的与国民的自觉，尽量地研究介绍今古的文化，让它自由地渗进去，变成民族精神的滋养料，因此可望自动地发生出新汉族的文明来。这是我任意的梦想，也

古斯塔夫·勒庞

Gustave le Bon, 1841—1931，法国

就是我所以赞成国民文学的提倡之理由。但是，有时又觉得这些梦想也是轻飘飘的，不大靠得住；如吕滂（Gustave le Bon）所说，人世的事都是死鬼作主，结果几乎令人要相信幽冥判官——或是毗骞国王手中的账簿，中国人是命里注定的奴才，这又使我对于一切提倡不免有点冷淡了。我的微小的愿望，现在只在能够多了解一分，不在能成功一厘，所以这倒也还无妨无妨。草草。

十四年六月一日

教训之无用

蔼理斯在《道德之艺术》这一篇文章里说：

虽然一个社会在某一时地的道德，与别个社会——以至同社会在异时异地的道德决不相同，但是其间有错综的条件，使它发生差异，想故意的做成它显然是无用的事。一个人如听人家说他做了一本“道德的”书，他既不必无端的高兴，或者被说他的书是“不道德的”，也无须无端的颓丧。这两个形容词的意义都是很有限制的。在群众的坚固的大多数之进行上面，无论是甲种的书或乙种的书都不能留下什么重大的影响。

斯宾塞也曾写信给人，说道德教训之无效。他说：

在宣传了爱之宗教将近二千年之后，憎之宗教还是很占势力；欧洲住着二万万的外道，假装着基督教徒，如有人愿望他们照着他们的教旨行事，反要被他们所辱骂。

这实在都是真的。希腊有过梭格拉底，印度有过释迦，中国有过孔老，他们都被尊为圣人，但是在现今的本国人民中间他们可以说是等于“不曾有过”。我想这原是当然的，正不必代为无谓地悼叹。这些伟人倘若真是不曾存在，我们现在当不知怎么的更是寂寞，但是如今既有言行流传，足供有艺术趣味的人的欣赏，那就尽够好了。至于期望他们教训的实现，有如枕边摸索好梦，不免近于痴人，难怪要被骂了。

对于世间“不道德的”文人，我们同圣人一样的尊敬他。他的“教训”在群众中也是没有人听的，虽然有人对他投石，或袖着他的书，——但是我们不妨听他说自己的故事。

十三年二月

无谓之感慨

中午抽空往东单牌楼书店一看，赊了几本日文书来，虽然到月底索去欠款，好像是被白拿去似的懊恼，此刻却很是愉快。其中有一本是安倍能成的《山中杂记》，是五十一篇的论文集。记述人物的，如正冈子规，夏目漱石，数藤，该倍耳诸文，都很喜读，但旅行及山村的记述觉得最有趣味，更引起我几种感慨。

大家都说旅行是极愉快的事，读人家的纪行觉得确是如此，但我们在中国的人，似乎极少这样幸福。我从前走路总是逃难似的，（从所谓实用主义教育的眼光看去，或者也是一种有益的练习，）不但船上车上要防备谋财害命，便是旅馆里也没有一刻的安闲，可以休养身心的疲劳，自新式的新旅社以至用高粱杆为床铺的黄河边小船栈，据我所住过的无一不是这样，至于茶房或伙计大抵是菜园子张清的徒弟一流，尤其难与为伍。譬如一条崎岖泥泞的路，（大略如往通州的国道，）有钱坐了汽车，没有钱徒步的走，结果是一样的不愉快，一样的没有旅行的情趣。日本便大不相同，读安倍的文章，殊令人羡慕他的幸福，——其实也是当然的事，不过在中国没有罢了。

三年前曾在西山养病数月，这是我过去的唯一的山居生活。比起在城里，的确要愉快得多，但也没有什么特别可怀念的地方，除了几株古老的树木以外。无论住在中国的那里，第一不合意的是食物的糟糕。淡粥也好，豆腐青菜也好，只要做得干净，都很可以吃，中国却总弄得有点不好看相，总有点厨子气，就很讨嫌了。龌龊不是山村的特色，应当是清淡闲静。中国一方面保留着旧的龌龊，一面又添上新的来——一座烂泥墙和一座红砖墙，请大家自己选择。安倍在《山中杂记》的末节里说：

> 这个山上寺境内还严禁食肉蓄妻，我觉得还有意思。我希望到这山上来的人不要同在世间一般贪鲜肥求轻暖，应守清净乐静寂才好，又希望寺内的人把山上造成一个修道院，使上山来的人感到一种与世间不同的空气。日本现在的趋势，从各方面说来，在渐渐的破坏那闲静的世界。像我们这样的穷书生，眼见这样的世界渐渐不易寻求，不胜慨叹。我极望山上的当事者不要以宿院为营业，长为爱静寂与默想的人们留一个适当的地方，供他的寄居。

我对于这一节话十分同意，——不过中国本来没有什么闲静的世界，所以这也是废话而已。

临了，把《山中杂记》阖上之后，又发生了第三个感慨，（我也承认这是亡国之音。）这一类的文章，我们做不出，不仅是才力所限，实在也为时势所迫，还没有这样余裕。可怜，我们还不得不花了力气去批评华林，柳翼谋，曹慕管诸公的妙论，还在这里拉长了脸力辩“二五得一十”，那有谈风月的工夫？我们之做不出好文章，人也，亦天也，呜呼。

十三年十二月十日

日本的人情美

外国人讲到日本的国民性，总首先举出忠君来，我觉得不很的当。日本现在的尊君教育确是隆盛，在对外战争上也表示过不少成绩，但这似乎只是外来的一种影响，未必能代表日本的真精神。阅内藤虎次郎著《日本文化史研究》在什么是日本文化一章中见到这一节话：

> 如忠孝一语，在日本民族未曾采用支那语以前系用什么话表示，此事殆难发见。孝字用为人名时训作Yoshi或Taka，其义只云善云高，并非对于父母的特别语；忠字训作Tada，也只是正的意义，又训为Mameyaka，意云亲切，也不是对于君的特别语。如古代在一般的善行正义之外既没有表示家庭关系及君臣关系的特别语忠孝二字，则此思想之有无也就是一个很大的疑问。

内藤是研究东洋史的，又特别推重中国文化，这里便说明就是忠孝之德也是从中国传过去的。（我国的国粹党听了且请不要鼻子太高。）现在我借了他的这一节话并不想我田引水，不过藉以证明日本的忠君原系中国货色，近来加上一层德国油

和辻哲郎

わつじ てつろう，1889—1960，日本

漆，到底不是他们自己的永久不会变的国民性。我看日本文化里边尽有比中国好几倍的东西，忠君却不是其中之一。照中国现在的情形看来，似乎也有非讲国家主义不可之势，但这件铁甲即使穿上也是出于迫不得已，不能就作为大褂子穿，而且得到机会还要随即脱下，叠起，收好。我们在家里坐路上走总只是穿着便服，便服装束才是我们的真相。我们要觇[1]日本，不要去端相他那两当双刀的尊容，须得去看他在那里吃茶弄草花时的样子才能知道他的真面目，虽然军装时是一副野相。辜鸿铭老先生应大东文化协会之招，大颂日本的武化，或者是怪不得的，有些文人如小泉八云（Lafcadio Hearn）保罗路易古修（Paul Louis Couchoud）之流也多未能免俗，仿佛说忠义是日本之精华，大约是千虑之一失罢。

日本国民性的优点据我看来是在反对的方向，即是富于人情。和过哲郎在《古代日本文化》中论“《古事记》之艺术的价值”，结论云：

> 《古事记》中的深度的缺乏，即以此有情的人生观作为补偿。《古事记》全体上牧歌的美，便是这润泽的心情的流露。缺乏深度即使是弱点，总还没有缺乏这个润泽的心情那样重大。支那集录古神话传说的史书在大与深的两点上或者比《古事记》为优，但当作艺术论恐不能及《古事记》罢。为什么呢，因为它感情不足，特别如上边所说的润泽的心情显然不足。《古事记》虽说是小孩似的书，但在它的美上未必劣于大人的书也。

① 觇（chān），窥视，观测。

这种心情正是日本最大优点，使我们对于它的文化感到亲近的地方，而无限制的忠孝的提倡不但将使他们个人中间发生许多悲剧，也即是为世人所憎恶的重要原因。在现代日本这两种分子似乎平均存在，所以我们觉得在许多不愉快的事物中间时时发见一点光辉与美。

十四年一月

我的复古的经验

大抵一个人在他的少年时代总有一两件可笑的事情，或是浪漫的恋爱，或是革命的或是复古的运动。现在回想起来，不免觉得很有可笑的地方，但在当时却是很正经的做着；老实说，这在少年时代原来也是当然的。只不要蜕化不出，变作一条僵蚕，那就好了。

我不是“国学家”，但在十年前后却很复过一回古。最初读严幾道林琴南的译书，觉得这种以诸子之文写夷人的话的办法非常正当，便竭力的学他。虽然因为不懂“义法的奥妙，固然学得不像，但自己却觉得不很背于迻译[①]的正宗了。随后听了太炎先生的教诲，更进一步，改去那“载飞载鸣”的调子，换上许多古字，（如踢改为踶[②]，耶写作邪之类，）——多谢这种努力，《域外小说集》的原版只卖去了二十部。这是我的复古的第一支路。

《新约》在中国有文理与官话两种译本，官话本固然看不起，就是文理本也觉得不满足，因为文章还欠“古”，比不上周秦诸子和佛经的古雅。我于是决意“越俎”来改译，足有三年工夫预备这件工作，读希腊文，预定先译四福音书及《伊索寓

① 迻译（yí yì），翻译。

② 踶（dì），即踢，踏。

言》，因为这时候对于林琴南君的伊索译本也嫌他欠古了！——到了后来，觉得圣书白话本已经很好，文理也可不必，更没有改译之必要：这是后话。以上是我的复古的第二支路。

以前我作古文，都用一句一圈的点句法。后来想到希腊古人都是整块的连写，不分句读段落，也不分字，觉得很是古朴，可以取法；中国文章的写法正是这样，可谓不谋而合，用圈点句殊欠古雅。中国文字即使难题，但既然生而为中国国民，便有必须学习这难题的文字的义务，不得利用种种方法，以便私图，因此我就主张取消圈点的办法，一篇文章必须整块的连写到底，（虽然仍有题目，不能彻底的遵循古法，）在本县的《教育会月刊》上还留存着我的这种成绩。这是我的复古的第三支路。

这种复古的精神，也并不是我个人所独有，大抵同时代同职业的人多有此种倾向。我的朋友钱玄同当时在民报社同太炎先生整夜的谈论文字复古的方法；临了太炎先生终于提出小篆的办法，这问题才算终结。这件事情，还有一部楷体篆书的《小学答问》流行在世间来作见证，这便是玄同的手笔。其后他穿了“深衣”[①]去上公署，那正是我废圈的时候了。这样的事，说起来还多，现在也不必细说，只要表明我们曾经做过很可笑的复古运动就是了。

我们这样的复古，耗废了不少的时间与精力，但也因此得到一个极大的利益，便是“此路不通”的一个教训。玄同因为写楷体篆书，确知汉字之根本破产，所以澈悟过来，有那“辟历一声国学家之大狼狈”的废汉字的主张；我虽然没有心得，但也因此知道古文之决不可用了。这样看来，古也非不可复，只要复的彻底，言行一致的做去，不但没有坏处，而且反能因此寻到新的道

① 深衣，属于汉服，起源于有虞氏，把衣、裳连在一起包住身子，分开裁但是上下缝合，因为“被体深邃”，因而得名。

路，这是的确可信的。所以对于现在青年的复古思想，我觉得用不着什么诧异，因为这是当然，将来复的碰壁，自然会觉醒过来的。所可怕者是那些言行不一致的复古家，口头说得热闹，却不去试验实行，既不穿深衣，也不写小篆，甚至于连古文也写得不能亨通，这样下去，便永没有回头的日子，好像一个人站在死胡同的口头硬说这条路是国道，却不肯自己走到尽头去看一看，只好一辈子站在那里罢了。

十一年十一月

一年的长进

在最近的五个礼拜里，一连过了两个年，这才算真正过了年，是民国十三年岁次甲子年了。回想过去“猪儿年”，国内虽然起了不少的重要变化，在我个人除了痴长一岁之外，实在乏善可陈，但仔细想来也不能说毫无长进，这是我所觉得尚堪告慰的。

这一年里我的唯一的长进，是知道自己之无所知。以前我也自以为是有所知的，在古今的贤哲里找到一位师傅，便可以据为典要，造成一种主见，评量一切，这倒是很简易的办法。但是这样的一位师傅后来觉得逐渐有点难找，于是不禁狼狈起来，如瞎子之失了棒了；既不肯听别人现成的话，自己又想不出意见，归结只好老实招认，述蒙丹尼（Montaigne）的话道“我知道什么”？我每日看报，实在总是心里胡里胡涂的，对于政治外交上种种的争执往往不能了解谁是谁非，因为觉得两边的话都是难怪，却又都有点靠不住。我常怀疑，难道我是没有“良知”的么？我觉得不能不答应说“好像是的”，虽然我知道这句话一定要使提倡王学的朋友大不高兴。真的，我的心里确是空澌澌的，好像是旧殿里的那把椅子，——不过这也是很清爽的事。我若能找到一个“单纯的信仰”，或者一个固执的偏见，我就有了主

述蒙丹尼

今译作“蒙田”

Michel de Montaigne，1533—1592，法国

意，自然可以满足而且快活了；但是有偏见的想除掉固不容易，没有时要去找来却也有点为难。大约我之无所知也不是今日始的，不过以前自以为知罢了；现在忽然觉悟过来，正是好事，殊可无须寻求补救的方法，因为露出的马脚才是真脚，自知无所知却是我的第一个的真知也。

我很喜欢，可以趁这个机会对于以前曾把书报稿件寄给我看的诸位声明一下。我接到印有“乞批评”字样的各种文字，总想竭力奉陪的，无如照上边所说，我实在是不能批评，也不敢批评，倘若硬要我说好坏，我只好仿主考的用脚一踢，——但这当然是毫不足凭的。我也曾听说世上有安诺德等大批评家，但安诺德可，我则不可。我只想多看一点大批评家的言论，广广自己的见识，没有用朱笔批点别人文章的意思，所对于“乞批评”的要求，常是“有方[1]尊命”，诸祈鉴原是幸。

十三年二月

① 有方，即有违。

元旦试笔

从先我有一个远房的叔祖，他是孝廉公[①]而奉持《太上感应篇》[②]的，每到年末常要写一张黄纸疏[③]，烧呈玉皇大帝，报告他年内行了多少善，以便存记起来作报捐“地仙”实缺之用。现在民国十三年已经过去了，今天是元旦，在邀来共饮“屠苏”[④]的几个朋友走了之后，拿起一支狼毫来想试一试笔，回想去年的生活有什么事值得纪录，想来想去终于没有什么，只有这一点感想总算是过去的经验的结果，可以写下来作我的“疏头”[⑤]的材料。

古人云，“四十而不惑，”这是古人学道有得的地方，我们不能如此。就我个人说来，乃是三十而立，（这是说立起什么主张来，）四十而惑，五十而志于学吧。以前我还以为我有着“自己的园地”，去年便觉得有点可疑，现在则明明白白的知道并没有这一片园地了。我当初大约也只是租种人家的田地，产

① 明清时期对举人的别称。

② 道教经典，内容主要是劝人遵守道德规范，时刻止恶修善自利利他。

③ 疏，封建时代臣下向君主分条陈述事情的文字。

④ 屠苏，药酒名。古代中国风俗于农历正月初一饮屠苏酒以避瘟疫。

⑤ 疏头，旧时向鬼神祈福的祝文。

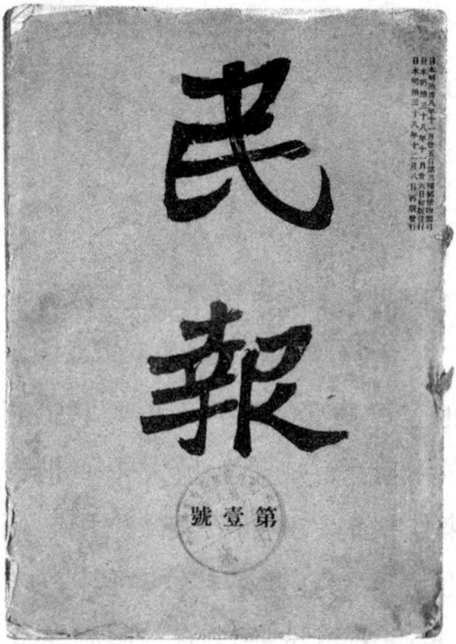

《民报》

1905年12月8日再版

出一点瘦小的萝卜和苦的菜，麻糊敷衍过去了，然而到了“此刻现在”忽然省悟自己原来是个“游民”，肩上只抗着一把锄头，除了农忙时打点杂以外，实在没有什么工作可做。失了自己的园地不见得怎样可惜，倘若流氓也一样的可以舒服过活，如世间的好习惯所规定；只是未免有点无聊罢，所以等我好好的想上三两年，或者再去发愤开荒，开辟出两亩田地来，也未可知，目下还是老实自认是一个素人，把“文学家”的招牌收藏起来。

我的思想到今年又回到民族主义上来了。我当初和钱玄同先生一样，最早是尊王攘夷的思想，在拳民起义[①]的那时听说乡间的一个洋口子被“破脚骨”打落铜盆帽[②]，甚为快意，写入日记。后来读了《新民丛报》《民报》《革命军》《新广东》之类，一变而为排满（以及复古），坚持民族主义者计有十年之久，到了民国元年这才软化。五四时代我正梦想着世界主义，讲过许多迂远的话，去年春间收小范围，修改为亚洲主义，及清室废号迁宫以后，遗老遗小以及日英帝国的浪人兴风作浪，诡计阴谋至今未已，我于是又悟出自己之迂腐，觉得民国根基还未稳固，现在须得实事求是，从民族主义做起才好。我不相信因为是国家所以当爱，如那些宗教的爱国家所提倡，但为个人的生存起见主张民族主义却是正当，而且与更“高尚”的别的主义也不相冲突。不过这只是个人的倾向，并不想到青年中去宣传。没有受过民族革命思想的浸润并经过光复和复辟时恐怖之压迫者，对于我们这种心情大抵不能领解，或者还要以为太旧太非绅士态度。这都没有什么关系。我只表明我思想之反动，无论过激过顽都好，只愿人家不要再恭维我是世界主义的人

① 拳民，指义和团的成员。

② 旧时的一种帽子，由国外传入，用毡制作，圆形平顶式，极似我国旧时使用的铜盆，故名。

就好了。

语云，“元旦书红，万事亨通。”论理，应该说几句吉利话滑稽话，才足副元旦试笔之名。但是总想不出什么来，只好老实写出要说的几句话，其余的且等后来补说吧。

十四年一月

沉默

林玉堂先生说，法国一个演说家劝人缄默，成书三十卷，为世所笑，所以我现在做讲沉默的文章，想竭力节省，以原稿纸三张为度。

提倡沉默从宗教方面讲来，大约很有材料，神秘主义里很看重沉默，美忒林克便有一篇极妙的文章。但是我并不想这样做，不仅因为怕有拥护宗教的嫌疑，实在是没有这种知识与才力。现在只就人情世故上着眼说一说罢。

沉默的好处第一是省力。中国人说，多说话伤气，多写字伤神。不说话不写字大约是长生之基，不过平常人总不易做到。那么一时的沉默也就很好，于我们大有裨益。三十小时草成一篇宏文，连睡觉的时光都没有，第三天必要头痛；演说家在讲台上呼号两点钟，难免口干喉痛，不值得甚矣。若沉默，则可无此种劳苦，——虽然也得不到名声。

沉默的第二个好处是省事。古人说“口是祸门”，关上门，贴上封条，祸便无从发生，（“闭门家里坐，祸从天上来，”那只算是“空气传染”，又当别论，）此其利一。自己想说服别人，或是有所辩解，照例是没有什么影响，而且愈说愈是渺茫，不如及早沉默，虽然不能因此而说服或辩明，但至少是不会增添误会。又或别人有所陈说，在这面也照例不很能理解，极不容易答复，这时候沉

林玉堂（林语堂），1895—1976

默是适当的办法之一。古人说不言是最大的理解，这句话或者有深奥的道理，据我想则在我至少可以藏过不理解，而在他也就可以有猜想被理解了之自由。沉默之好处的好处，此其二。

善良的读者们，不要以我为太玩世（Cynical）了罢？老实说，我觉得人之互相理解是至难——即使不是不可能的事，而表现自己之真实的感情思想也是同样地难。我们说话作文，听别人的话，读别人的文，以为互相理解了，这是一个聊以自娱的如意的好梦，好到连自己觉到了的时候也还不肯立即承认，知道是梦了却还想在梦境中多流连一刻。其实我们这样说话作文无非只是想这样做，想这样聊以自娱，如其觉得没有什么可娱，那么尽可简单地停止。我们在门外草地上翻几个筋斗，想象那对面高楼上的美人看着，（明知她未必看见，）很是高兴，是一种办法；反正她不会看见，不翻筋斗了，且卧在草地上看云罢，这也是一种办法。两者都是对的，我这回是在做第二个题目罢了。

我是喜翻筋斗的人，虽然自己知道翻得不好。但这也只是不巧妙罢了，未必有什么害处，足为世道人心之忧。不过自己的评语总是不大靠得住的，所以在许多知识阶级的道学家看来，我的筋斗都翻得有点不道德，不是这种姿势足以坏乱风俗，便是这个主意近于妨害治安。这种情形在中国可以说是意表之内的事，我们也并不想因此而变更态度，但如民间这种倾向到了某一程度，翻筋斗的人至少也应有想到省力的时候了。

三张纸已将写满，这篇文应该结束了。我费了三张纸来提倡沉默，因为这是对于现在中国的适当办法。——然而这原来只是两种办法之一，有时也可以择取另一办法：高兴的时候弄点小把戏，“藉资排遣”。将来别处看有什么机缘，再来噪聒，也未可知。

一九二四年七月二十日

山中杂信

一

伏园兄：

我已于本月初退院，搬到山里来了。香山不很高大，仿佛只是故乡城内的卧龙山模样，但在北京近郊，已经要算是很好的山了。碧云寺在山腹上，地位颇好，只是我还不曾到外边去看过，因为须等医生再来诊察一次之后，才能决定可以怎样行动，而且又是连日下雨，连院子里都不能行走，终日只是起卧屋内罢了。大雨接连下了两天，天气也就颇冷了。般若堂里住着几个和尚们，买了许多香椿干，摊在芦席上晾着，这两天的雨不但使他不能干燥，反使他更加潮湿。每从玻璃窗望去，看见廊下摊着湿漉漉的深绿的香椿干，总觉得对于这班和尚们心里很是抱歉似的，——虽然下雨并不是我的缘故。

般若堂里早晚都有和尚做功课，但我觉得并不烦扰，而且于我似乎还有一种清醒的力量。清早和黄昏时候的清澈的磬声，仿佛催促我们无所信仰，无所归依的人，拣定一条道路精进向前。我近来的思想动摇与混乱，可谓已至其极了，托尔斯泰的无我爱与尼采的超人，共产主义与善种学，耶佛孔老的教训与科学的例证，我都一样的喜欢尊重，却又不能调和统一起来，造成一条可以行的大路。我只将这各种思想，凌乱的堆在头里，真是乡间的杂货一料店了。——或者世间本来没有思想上的“国道”，也未可知，这件事我常常想到，如今听他们做功课，更使我受了激刺，同他们比较起来，好像上海许多有国籍的西商中间，夹着一个“无领事管束”的西人。至于无领事管束，究竟是好是坏，我还想不明白。不知你以为何如?

寺内的空气并不比外间更为和平。我来的前一天，般若堂里的一个和尚，被方丈差人抓去，说他偷寺内的法物，先打了一顿，然后捆送到城内什么衙门去了。究竟偷东西没有，是别一个问题，但是吊打恐总非佛家所宜。大约现在佛徒的戒律，也同“儒业”的三纲五常一样，早已成为具文[1]了。自己即使犯了永为弃物的波罗夷罪[2]，并无妨碍，只要有权力，便可以处置别人，正如护持名教的人却打他的老父，世间也一点都不以为奇。我们厨房的间壁，住着两个卖汽水的人，也时常吵架。掌柜的回家去了，只剩了两个少年的伙计，连日又下雨，不能出去摆摊，所以更容易争闹起来。前天晚上，他们都不愿意烧饭，互相推诿，始而相骂，终于各执灶上用的铁通条，打仗两次。我听他们叱咤的声音，令我想起《三国志》及《劫后英雄略》等书里所记的英雄战斗或比武时的威势，可是后来战罢，他们两个人一点都不受伤，更是不可思议了。从这两件事看来，你大略可以知道这山上的战氛罢。

因为病在右肋，执笔不大方便，这封信也是分四次写成的。以后再谈罢。

一九二一年，六月五日

① 空文，指空有形式而无实际意义。

② 佛教用语。一指比丘应避免的四种根本重罪，二指真言行者所应受持的四种重禁。

二

近日天气渐热，到山里来住的人也渐多了。对面的那三间屋，已于前日租去，大约日内就有人搬来。般若堂两傍的厢房，本是“十方堂”，这块大木牌还挂在我的门口。但现在都已租给人住，以后有游方僧来，除了请到罗汉堂去打坐以外，没有别的地方可以挂单①了。

三四天前大殿里的小菩萨，失少了两尊，方丈说是看守大殿的和尚偷卖给游客了，于是又将他捆起来，打了一顿，但是这回不曾送官，因为次晨我又听见他在后堂敲那大木鱼了。（前回被捉去的和尚，已经出来，搬到别的寺里去了。）当时我正翻阅《诸经要集》六度部的忍辱篇，道世大师在述意缘内说道：

> ……岂容微有触恼，大生瞋恨，乃至角眼相看，恶声厉色，遂加杖木，结恨成怨。

看了不禁苦笑。或者丛林的规矩，方丈本来可以用什么板子打人，但我总觉得有点矛盾。而且如果真照规矩办起来，恐怕应该挨打的却还不是这个所谓偷卖小菩萨的和尚呢。

山中苍蝇之多，真是“出人意表之外”。每到下午，在窗外群飞，嗡嗡作声，仿佛是蜜蜂的排衙②。我虽然将风门上糊了冷布，紧紧关闭，但是每一出入，总有几个混进屋里来。各处棹上摊着苍蝇纸，另外又用了棕丝制的蝇拍追着打，还是不能绝灭。英国诗人勃来克有《苍蝇》一诗，将蝇来与无常的人生相比；日

---

① 佛教术语，谓行脚僧就寺院投宿。单，指僧堂里的名单。游方僧投宿寺院把衣钵挂在名单下，故称。

② 官衙有仪式，典礼，公事，先布置好场面。主要是差吏和衙役站好位。

本小林一茶的俳句道：

不要打哪！那苍蝇搓他的手，搓他的脚呢。

我平常都很是爱念，但在实际上却不能这样的宽大了。一茶又有一句俳句，序云：

捉到一个虱子，将他掐死固然可怜，要把他舍在门外，让他绝食，也觉得不忍；忽然的想到我佛从前给与鬼子母[①]的东西，成此。

虱子呵，放在和我味道一样的石榴上爬着。

《四分律》云：

时有老比丘拾虱弃地，佛言不应，听以器盛若绵拾着中。若虱走出，应作筒盛；若虱出筒，应作盖塞。随其寒暑，加以腻食将养之。

一茶是诚信的佛教徒，所以也如此做，不过用石榴喂他却更妙了。这种殊胜的思想，我也很以为美，但我的心底里有一种矛盾，一面承认苍蝇是与我同具生命的众生之一，但一面又总当他是脚上带着许多有害的细菌，在头上面上爬的痒痒的，一种可恶的小虫，心想除灭他。这个情与知的冲突，实在是无法调和，因为我笃信"赛老先生"的话，但也不想拿了他的解剖刀去破坏诗人的美的世界，所以在这一点上，大约只好甘心且

① 日本传说，佛降伏鬼子母神，给与石榴实食之，以代人肉，因榴实味酸甜似人肉云。据《鬼子母经》说，她后来变了生育之神，这石榴大约只是多子的象征罢了。

做蝙蝠派罢了。

对于时事的感想，非常纷乱，真是无从说起，倒还不如不说也罢。

六月二十三日

三

我在第一信里，说寺内战氛很盛，但是现在情形却又变了。卖汽水的一个战士，已经下山去了。这个缘因，说来很长。前两回礼拜日游客很多，汽水卖了十多块钱一天，方丈知道了，便叫他们从形势最好的那“水泉”旁边撤退，让他自己来卖。他们只准在荒凉的塔院下及门口去摆摊，生意便很清淡，掌柜的于是实行减政，只留下了一个人做帮手，——这个伙计本是做墨盒的，掌柜自己是泥水匠。这主从两人虽然也有时争论，但不至于开起仗来了。方丈似乎颇喜欢吊打他属下的和尚，不过他的法庭离我这里很远，所以并未直接受到影响。此外偶然和尚们喝醉了高粱，高声抗辩，或者为了金钱胜负稍有纠葛，都是随即平静，算不得什么大事。因此般若堂里的空气，近来很是长闲逸豫[①]，令人平矜释躁。这个情形可以意会，不易言传，我如今举出一件琐事来做个象征，你或者可以知其大略。我们院子里，有一群鸡，共五六只，其中公的也有，母的也有。这是和尚们共同养的呢，还是一个人的私产，我都不知道。他们白天里躲在紫藤花底下，晚间被盛入一只小口大腹，像是装香油用的藤篓里面。这篓子似乎是没有盖的，我每天总看见他在柏树下仰天张着口放着。夜里

① 逸豫，犹安乐，舒缓。

酉戌之交，和尚们擂鼓既罢，各去休息，篓里的鸡便怪声怪气的叫起来。于是禅房里和尚们的“唆，唆——”之声，相继而作。这样以后，篓里与禅房里便复寂然，直到天明，更没有什么惊动。问是什么事呢？答说有黄鼠狼来咬鸡。其实这小口大腹的篓子里，黄鼠狼是不会进去的，倘若掉了下去，他就再逃也出不来了。大约他总是未能忘情，所以常来窥探，不过聊以快意罢了。倘若篓子上加上一个盖，——虽然如上文所说，即使无盖，本来也很安全，——也便可以省得他的窥探。但和尚们永远不加盖，黄鼠狼也便永远要来窥探，以致“三日两头”的引起夜中篓里与禅房里的驱逐。这便是我所说的长闲逸豫的所在。我希望这一节故事，或者能够比那四个抽象的字说明的更多一点。

但是我在这里不能一样的长闲逸豫，在一日里总有一个阴郁的时候，这便是下午清华园的邮差送报来后的半点钟。我的神经衰弱，易于激动，病后更甚，对于略略重大的问题，稍加思索，便很烦躁起来，几乎是发热状态，因此平常十分留心免避。但每天的报里，总是充满着不愉快的事情，见了不免要起烦恼。或者说，既然如此，不看岂不好么？但我又舍不得不看，好像身上有伤的人，明知触着是很痛的，但有时仍是不自禁的要用手去摸，感到新的剧痛，保留他受伤的意识。但苦痛究竟是苦痛，所以也就赶紧丢开，去寻求别的慰解。我此时放下报纸，努力将我的思想遣发到平常所走的旧路上去，——回想近今所看书上的大乘菩萨布施忍辱等六度难行，净土及地狱的意义，或者去搜求游客及和尚们（特别注意于方丈）的轶事。我也不愿再说不愉快的事，下次还不如仍同你讲他们的事情罢。

六月二十九日

四

近日因为神经不好，夜间睡眠不足，精神很是颓唐，所以好久没有写信，也不曾做诗了。诗思固然不来，日前到大殿后看了御碑亭，更使我诗兴大减。碑亭之北有两块石碑，四面都刻着乾隆御制的律诗和绝句。这些诗虽然很讲究的刻在石上，壁上还有宪兵某君的题词，赞叹他说：

> 天命乃有移，英风殊难泯！

但我看了不知怎的联想到那塾师给冷于冰看的草稿，将我的创作热减退到近于零度。我以前病中忽发野心，想做两篇小说，一篇叫“平凡的人”，一篇叫“初恋”；幸而到了现在还不曾动手。不然，岂不将使《馍馍赋》不但无独而且有偶么？

我前回答应告诉你游客的故事，但是现在也未能践约，因为他们都从正门出入，很少到般若堂里来的。我看见从我窗外走过的游客，一总不过十多人。他们却有一种公共的特色，似乎都对于植物的年龄颇有趣味。他们大抵问和尚或别人道，“这藤萝有多少年了？”答说，“这说不上来。”便又问，“这柏树呢？”至于答案，自然仍旧是“说不上来”了。或者不问柏树的，也要问槐树，其余核桃石榴等小树，就少有人注意了。我常觉得奇异，他们既然如此热心，寺里的人何妨就替各棵老树胡乱定出一个年岁，叫和尚们照样对答，或者写在大木板上，挂在树下，岂不一举两得么？

游客中偶然有提着鸟笼的，我看了最不喜欢。我平常有一种偏见，以为作不必要的恶事的人，比为生活所迫，不得已而作恶者更为可恶；所以我憎恶蓄妾的男子，比那卖女为妾——因贫穷而吃人肉的父母，要加几倍。对于提鸟笼的人的反感，也是出于同一的源流。如要吃肉，便吃罢了；（其实飞鸟的肉，于养生上也并非必要。）如要赏鉴，在他自由飞鸣的时候，可以尽量的看或听；何必关在笼里，擎着走呢？我以为这同喜欢缠足一样的是痛苦的赏玩，是一种变态的残忍的心理。贤首[①]于《梵网戒疏》盗戒下注云：

> 善见云，盗空中鸟，左翅至右翅，尾至头，上下亦尔，俱得重罪。准此戒，纵无主，鸟身自为主，盗皆重也。

鸟身自为主，——这句话的精神何等博大深厚，然而又岂是那些提鸟笼的朋友所能了解的呢？

《梵网经》里还有几句话，我觉得也都很好。如云：

> 若佛子，故食肉，——一切肉不得食。——断大慈悲性种子，一切众生见而舍去。

又云：

> 一切男子是我父，一切女人是我母，我生生无不从之受生，故六道众生皆我父母。而杀而食者，即杀我父母，亦杀我故身：一切地水，是我先身；一切火风，是我本体。……

① 佛教菩萨名。

威廉·布莱克

William Blake，1757—1827，英国

我们现在虽然不能再相信六道轮回之说，然而对于这普亲观平等观的思想，仍然觉得他是真而且美。英国勃来克的诗：

> 被猎的兔的每一声叫，
> 撕掉脑里的一枝神经；
> 云雀被伤在翅膀上，
> 一个天使止住了歌唱。

这也是表示同一的思想。我们为自己养生计，或者不得不杀生，但是大慈悲性种子也不可不保存，所以无用的杀生与快意的杀生，都应该免避的。譬如吃醉虾，这也罢了；但是有人并不贪他的鲜味，只为能够将半活的虾夹住，直往嘴里送，心里想道“我吃你”！觉得很快活。这是在那里尝得胜快心的滋味，并非真是吃食了。《晨报》杂感栏里曾登过松年先生的一篇《爱》，我很以他所说的为然。但是爱物也与仁人很有关系，倘若断了大慈悲性种子，如那样吃醉虾的人，于爱人的事也恐怕不大能够圆满的了。

七月十四日

五

近日天气很热，屋里下午的气温在九十度以上①。所以一到晚间，般若堂里在院子里睡觉的人，总有三四人之多。他们的睡法很是奇妙，因为蚊子白蛉要来咬，于是便用棉被没头没脑的盖住。这

① 华氏温度，换算成摄氏温度大约为32度。

样一来，固然再也不怕蚊子们的勒索，但是露天睡觉的原意也完全失掉了。要说是凉快，却蒙着棉被；要说是通气，却将头直钻到被底下去。那么同在热而气闷的屋里睡觉，还有什么区别呢？有一位方丈的徒弟，睡在藤椅上，挂了一顶洋布的帐子，我以为是防蚊用的了，岂知四面都是悬空，蚊子们如能飞近地面一二尺，仍旧是可以进去的，他的帐子只能挡住从上边掉下来的蚊子罢了。这些奥妙的办法，似乎很有一种禅味，只是我了解不来。

我的行踪，近来已经推广到东边的“水泉”。这地方确是还好，我于每天清早，没有游客的时候，去倘佯一会，赏鉴那山水之美。只可惜不大干净，路上很多气味，——因为陈列着许多《本草》上的所谓人中黄！我想中国真是一个奇妙的国，在那里人们不容易得到营养料，也没有方法处置他们的排泄物。我想像轩辕太祖初入关的时候，大约也是这样情形。但现在已经过了四千年之久了。难道这个情形真已支持了四千年，一点不曾改么？

水泉西面的石阶上，是天然疗养院附属的所谓洋厨房。门外生着一棵白杨树，树干很粗，大约直径有六七寸，白皮斑驳，很是好看。他的叶在没有什么大风的时候，也瑟瑟的响，仿佛是有魔术似的。古诗说：

白杨多悲风，萧萧愁杀人。

非看见过白杨树的人，不大能了解他的趣味。欧洲传说云，耶稣钉死在白杨木的十字架上，所以这树以后便永远颤抖着。……我正对着白杨起种种的空想，有一个七八岁的小西洋人跟着宁波的老妈子走进洋厨房来。那老妈子同厨子讲着话的时候，忽然来了两个小广东人，各举起一只手来，接连的打小西洋人的嘴巴。他的两个小颊，立刻被批的通红了，但他却守着不抵抗主义，任凭他们打去。我的用人看不过意，把他们隔开两回，但那两位攘夷的勇士又冲过去，寻着要打嘴巴。被打的人虽然忍受下去了，但他们把我刚才的浪漫思想也批到不知去向，使我切肤的感到现实的痛。——至于这两个小爱国者的行为，若由我批评，不免要有过激的话，所以我也不再说了。

我每天傍晚到碑亭下去散步，顺便恭读乾隆的御制诗；碑上共有十首，我至少总要读他两首。读之既久，便发生种种感想，其一是觉得语体诗①发生的不得已与必要。御制诗中有这几句，如：

香山适才游白社，越岭便以至碧云。

又：

玉泉十丈瀑，谁识此其源。

似乎都不大高明。但这实在是旧诗的难做，怪不得皇帝。对偶呀，平仄呀，押韵呀，拘束得非常之严，所以便是奉天承运的真龙也挣扎他不过，只落得留下多少打油的痕迹在石头上面。倘若他生在此刻，抛了七绝五律不做，去做较为自由的新体诗，即使做的不好，也总不至于被人认为“哥罐闻焉嫂棒伤②”的蓝本罢。但我写到这里，忽然想到《大江集》等几种名著，又觉得我所说的也未必尽然。大约用文言做“哥罐”的，用白话做来仍是“哥罐”，——于是我又想起一种疑问，这便是语体诗的“万

① 语体诗，即白话诗，指五四运动和新文化运动后打破旧诗格律，不拘字句长短、用白话写的诗。

② 出自乾隆皇帝弘历之手。作者意在讽刺其诗才不高。

应”的问题了。

七月十七日

六

好久不写信了。这个原因，一半因为你的出京，一半因为我的无话可说，我的思想实在混乱极了，对于许多问题都要思索，却又一样的没有归结，因此觉得要说的话虽多，但不知道怎样说才好。现在决心放任，并不硬去统一，姑且看书消遣，这倒也还罢了。

上月里我到香山去了两趟，都是坐了四人轿去的。我们在家乡的时候，知道四人轿是只有知县坐的，现在自己却坐了两回，也是“出于意表之外”的。我一个人叫他们四位扛着，似乎很有点抱歉，而且每人只能分到两角多钱，在他们实在也不经济；不知道为什么不减作两人呢？那轿杠是杉木的，走起来非常颠播。大约坐这轿的总非有候补道的那样身材，是不大合宜的。我所去的地方是甘露旅馆，因为有两个朋友耽阁在那里，其余各处都不曾去。什么的一处名胜，听说是督办夫人住着，不能去了。我说这是什么督办，参战和边防的督办不是都取消了么。答说是水灾督办。我记得四五年前天津一带确曾有过一回水灾，现在当然已经干了，而且连旱灾都已闹过了（虽然不在天津）。朋友说，中国的水灾是不会了的。黄河不是决口了么。这话的确不错，水灾督办诚然有存在的必要，而且照中国的情形看来，恐怕还非加入官制里去不可呢。

我在甘露旅馆买了一本《万松野人言善录》，这本书出了已经好几年，在我却是初次看见。我老实说，对于英先生的议论未能完全赞同，但因此引起我陈年的感慨，觉得要一新中国的人心，基督教实在是很适宜的。极少数的人能够以科学艺术或社会的运动去替代他宗教的要求，但在大多数是不可能的。我想最好便以能容受科学的一神教把中国现在的野蛮残忍的多神——其实是拜物——教打倒，民智的发达才有点希望。不过有两大条件，要紧紧的守住：其一是这新宗教的神切不可与旧的神的观念去同化，以致变成一个西装的玉皇大帝；其二是切不可造成教阀[1]，去妨害自由思想的发达。这第一第二的覆辙，在西洋历史上实例已经很多，所以非竭力免去不可。——但是，我们昏乱的国民久伏在迷信的黑暗里，既然受不住智慧之光的照耀，肯受这新宗教的灌顶么？不为传统所囚的大公无私的新宗教家，国内有几人呢？仔细想来，我的理想或者也只是空想；将来主宰国民的心的，仍旧还是那一班的鬼神妖怪罢！

我的行踪既然推广到了寺外，寺内各处也都已走到，只剩那可以听松涛的有名的塔上不曾去。但是我平常散步，总只在御诗碑的左近或是弥勒佛前面的路上。这一段泥路来回可一百步，一面走着，一面听着阶下龙嘴里的潺湲的水声，（这就是御制诗里的“清波绕砌湲”，）倒也很有兴趣。不过这清波有时要不“湲”，其时很是令人扫兴，因为后面有人把他截住了。这是谁做主的，我都不知道，大约总是有什么金鱼池的阔人们罢。他们要放水到池里去，便是汲水的人也只好等着，或是劳驾往水泉去，何况想听水声的呢！靠着这清波的一个朱门里，大约也是阔人，因为我看见他们搬来的前两天，有许多穷朋友头上顶了许多大安乐椅小安乐椅进去。以前一个绘画的西洋人住着的时候，并没有什么门禁，东北角的墙也坍了，我常常去到那里望对面的山

① 凭借权势造成特殊地位的个人或集团（含贬义）。

景和在溪滩积水中洗衣的女人们。现在可是截然的不同了，倒墙从新筑起，将真山关出门外，却在里面叫人堆上许多石头，（抬这些石头的人们，足足有三天，在我的窗前络绎的走过，）叫做假山，一面又在弥勒佛左手的路上筑起一堵泥墙，于是我真山固然望不见，便是假山也轮不到看。那些阔人们似乎以为四周非有墙包围着是不能住人的。我远望香山上迤逦的围墙，又想起秦始皇的万里长城，觉得我所推测的话并不是全无根据的。

还有别的见闻，我曾做了两篇《西山小品》，其一曰“一个乡民的死”，其二曰“卖汽水的人”，将他记在里面。但是那两篇是给日本的朋友们所办的一个杂志作的，现在虽有原稿留下，须等我自己把它译出方可发表。

九月三日，在西山

济南道中

伏园兄，你应该还记得“夜航船”的趣味罢？这个趣味里的确包含有些不很优雅的非趣味，但如一切过去的记忆一样，我们所记住的大抵只是一些经过时间熔化变了形的东西，所以想起来还是很好的趣味。我平素由绍兴往杭州总从城里动身，（这是二十年前的话了，）有一回同几个朋友从乡间趁船，这九十里的一站路足足走了半天一夜；下午开船，傍晚才到西郭门外，于是停泊，大家上岸吃酒饭。这很有牧歌的趣味，值得田园画家的描写。第二天早晨到了西兴，埠头的饭店主人很殷勤地留客，点头说“吃了饭去”，进去坐在里面（斯文人当然不在柜台边和“短衣帮”[①]并排着坐）破板桌边，便端出烤虾小炒腌鸭蛋等“家常便饭”来，也有一种特别的风味。可惜我好久好久不曾吃了。

今天我坐在特别快车内从北京往济南去，不禁忽然的想起旧事来。火车里吃的是大菜，车站上的小贩又都关出在木栅栏外，不容易买到土俗品来吃。先前却不是如此，一九〇六年我们乘京汉车往北京应练兵处（那时的大臣是水竹村人）的考试的时候，还在车窗口买到许多东西乱吃，如一个铜子一只的大雅梨，十五

① 旧时劳动人民穿短衣，故短衣帮指劳动人民。

个铜子一只的烧鸡之类；后来在什么站买到兔肉，同学有人说这实在是猫，大家便觉得恶心不能再吃，都摔到窗外去了。在日本旅行，于新式的整齐清洁之中，（现在对于日本的事只好“清描淡写”地说一句半句，不然恐要蹈邓先生的覆辙，）却仍保存着旧日的长闲的风趣。我在东海道中买过一箱“日本第一的吉备团子”，虽然不能证明是桃太郎的遗制，口味却真不坏，可惜都被小孩们分吃，我只尝到一两颗，而且又小得可恨。还有平常的“便当”，在形式内容上也总是美术的，味道也好，虽在吃惯肥鱼大肉的大人先生们自然有点不配胃口。“文明”一点的有“冰激凌”装在一只麦粉做的杯子里，末了也一同咽下去。——我坐在这铁甲快车内，肚子有点饿了，颇想吃一点小食，如孟代故事中王子所吃的，然而现在实属没有法子，只好往餐堂车中去吃洋饭。

我并不是不要吃大菜的。但虽然要吃，若在强迫的非吃不可的时候，也会令人不高兴起来。还有一层，在中国旅行的洋人的确太无礼仪，即使并无什么暴行，也总是放肆讨厌的。即如在我这一间房里的一个怡和洋行的老板，带了一只小狗，说是在天津花了四十块钱买来的；他一上车就高卧不起，让小狗在房内撒尿，忙得车侍三次拿布来擦地板，又不喂饱，任它东张西望，呜呜的哭叫。我不是虐待动物者，但见人家昵爱动物，搂抱猫狗坐车坐船，妨害别人，也是很嫌恶的；我觉得那样的昵爱正与虐待同样地是有点兽性的。洋人中当然也有真文明人，不过商人大抵不行，如中国的商人一样。中国近来新起一种“打鬼”——便是打“玄学鬼”与“直脚鬼”——的倾向，我大体上也觉得赞成，只是对于他们的态度有点不能附和。我们要把一切的鬼或神全数打出去，这是不可能的事，更无论他们只是拍令牌，念退鬼咒，当然毫无功效，只足以表明中国人术士气之十足，或者更留下一点恶因。我们所能做，所要做的，是如何使玄学鬼或直脚鬼不能为害。我相信，一切的鬼都是为害的，倘若被放纵着，便是我们自己“曲脚鬼”也何尝不如此。……人家说，谈天谈到末了，一定要讲到下作的话去，现在我却反对地谈起这样正经大道理来，也似乎不大合式，可以不再写下去了罢。

十三年五月三十一日，津浦车中

济南道中之二

过了德州，下了一阵雨，天气顿觉凉快，天色也暗下来了。室内点上电灯，我向窗外一望，却见别有一片亮光照在树上地上，觉得奇异，同车的一位宁波人告诉我，这是后面护送的兵车的电光。我探头出去，果然看见末后的一辆车头上，两边各有一盏灯，（这是我推想出来的，因为我看的只是一边，）射出光来，正如北京城里汽车的两只大眼睛一样。当初我以为既然是兵车的探照灯，一定是很大的，却正出于意料之外，它的光只照着车旁两三丈远的地方，并不能直照见树林中的贼踪。据那位买办所说，这是从去年故孙美瑶团长在临城做了那“算不得什么大事”[①]之后新增的，似乎颇发生效力，这两道神光真吓退了沿路的毛贼，因为以后确不曾出过事，而且我于昨夜也已安抵济南了。但我总觉得好笑，这两点光照在火车的尾巴头，好像是夏夜的萤火，太富于诙谐之趣。我坐在车中，看着窗外的亮光从地面移在麦子上，从麦子移到树叶上，心里起了一种离奇的感觉，觉得似危险非危险，似平安非平安，似现实又似在做戏，仿佛眼看程咬金腰间插着两把纸糊大板斧在台上踱着时一样。我们平常有一句

① 指发生在1923年5月的轰动国际的临城劫车案。

话，时时说起却很少实验到的，现在拿来应用，正相适合，——这便是所谓浪漫的境界。

十点钟到济南站后，坐洋车进城，路上看见许多店铺都已关门，——都上着“排门”[①]，与浙东相似。我不能算是爱故乡的人，但见了这样的街市，却也觉得很是喜欢。有一次夏天，我从家里往杭州，因为河水干涸，船只能到牛屎浜，在早晨三四点钟的时分坐轿出发，通过萧山县城；那时所见街上的情形，很有点与这回相像。其实绍兴和南京的夜景也未尝不如此，不过徒步走过的印象与车上所见到底有些不同，所以叫不起联想来罢了。城里有好些地方也已改用玻璃门，同北京一样，这是我今天下午出去看来的。我不能说排门是比玻璃门更好，在实际上玻璃门当然比排门要便利得多。但由我旁观地看去，总觉得旧式的铺门较有趣味。玻璃门也自然可以有它的美观，可惜现在多未能顾到这一层，大都是粗劣潦草，如一切的新东西一样。旧房屋的粗拙，全体还有些调和，新式的却只见轻率凌乱这一点而已。

今天下午同四个朋友去游大明湖，从鹊华桥下船。这是一种“出坂船”似的长方的船，门窗做得很考究，船头有扁一块，文云“逸兴豪情”，——我说船头，只因它形势似船头，但行驶起来，它却变了船尾，一个舟子便站在那里倒撑上去。他所用的家伙只是一支天然木的篙，不知是什么树，剥去了皮，很是光滑，树身却是弯来扭去的并不笔直；他拿了这件东西，能够使一只大船进退回旋无不如意，并且不曾遇见一点小冲撞，在我只知道使船用桨橹的人看了不禁着实惊叹。大明湖在《老残游记》里很有一段描写，我觉得写不出更好的文章来，而且你以前赴教育改进社年会时也曾到过，所以我可以不絮说了。我也同老残一样，走到历下亭铁公祠各

① 一种可装可卸的铺门。

大明湖

处，但可惜不曾在明湖居听得白妞说梨花大鼓。我们又去看“大帅张少轩”捐赀倡修的曾子固的祠堂，以及张公祠，祠里还挂有一幅他的“门下子婿”的长髯照相和好些“圣朝柱石”等等的孙公德政牌。随后又到北极祠去一看，照例是那些塑像，正殿右侧一个大鬼，一手倒提着一个小妖，一手掐着一个，神气非常活现，右脚下踏着一个女子，它的脚跟正落在腰间，把她踹得目瞪口呆，似乎喘不过气来，不知是到底犯了什么罪。大明湖的印象仿佛像南京的玄武湖，不过这湖是在城里，很是别致。清人铁保有一联云，“四面荷花三面柳，一城山色半城湖”，实在说得很好，（据老残说这是铁公祠大门的楹联，现今却已掉下，在享堂内倚墙放着了，）虽然我们这回看不到荷花，而且湖边渐渐地填为平地，面积大不如前，水路也很窄狭，两旁变了私产，一区一区地用苇塘围绕，都是人家种蒲养鱼的地方，所以《老残游记》里所记千佛山倒影入湖的景象已经无从得见，至于“一声渔唱”尤其是听不到了。但是济南城里有一个湖，即使较前已经不如，总是很好的事；这实在可以代一个大公园，而且比公园更为有趣，于青年也很有益，我遇见好许多船的学生在湖中往来，比较中央公园里那些学生站在路边等看头发像鸡窠的女人要好得多多，——我并不一定反对人家看女人，不过那样看法未免令人见了生厌。这一天的湖逛得很快意，船中还有王君的一个三岁的小孩同去，更令我们喜悦。他从宋君手里要蒲桃干吃，每拿几颗例须唱一出歌加以跳舞，他便手舞足蹈唱“一二三四”给我们听，交换五六个蒲桃干，可是他后来也觉得麻烦，便提出要求，说“不唱也给我罢”。他是个很活泼可爱的小人儿，而且一口的济南话，我在他口中初次听到“俺”这一个字活用在言语里，虽然这种调子我们从北大徐君的话里早已听惯了。

六月一日，在“家家泉水户户垂杨”的济南城内

济南道中之三

六月二日午前，往工业学校看金线泉。这天正下着雨，我们乘暂时雨住的时候，踏着湿透的青草，走到石池旁边，照着老残的样子侧着头细看水面，却终于看不见那条金线，只有许多水泡，像是一串串的珍珠，或者还不如说水银的蒸汽，从石隙中直冒上来，仿佛是地下有几座丹灶在那里炼药。池底里长着许多植物，有竹有柏，有些不知名的花木，还有一株月季花，带着一个开过的花蒂：这些植物生在水底，枝叶青绿，如在陆上一样，到底不知道是怎么一回事。金线泉的邻近，有陈遵留客的投辖井[①]，不过现在只是一个六尺左右的方池，辖虽还可以投，但是投下去也就可以取出来了。次到趵突泉，见大池中央有三股泉水向上喷涌，据《老残游记》里说翻出水面有二三尺高，我们看见却不过尺许罢了。池水在雨后颇是浑浊，也不曾流得"汩汩有声"，加上周围的石桥石路以及茶馆之类，觉得很有点像故乡的脂沟汇，——传说是越王宫女倾脂粉水，汇流此地，现在却俗称"猪狗汇"，是乡村航船的聚会地了。随后我们往商埠游公园，刚才进门雨又大下，在茶亭中坐了许久，

① 典故名，典出《汉书》卷九十二《游侠列传·陈遵》。辖，车轴的键，去辖则车不能行。"遵耆酒，每大饮，宾客满堂，辄关门，取客车辖投井中，虽有急，终不得去。"陈遵为留住客人，把客人车上的辖取下投到井里去。后遂以"投辖"喻主人好客，殷勤留客。

等雨霁后再出来游玩，园中别无游客，容我们三人独占全园，也是极有趣味的事。公园本不很大，所以便即游了，里边又别无名胜古迹，一切都是人工的新设，但有一所大厅，门口悬着匾额，大书曰“畅趣游情，马良撰并书”，我却瞻仰了好久。我以前以为马良将军只是善于打什么拳的人，现在才知道也很有风雅的趣味，不得不陈谢我当初的疏忽了。

此外我不曾往别处游览，但济南这地方却已尽够中我的意了。我觉得北京也很好，只是太多风和灰土，济南则没有这些；济南很有江南的风味，但我所讨厌的那些东南的脾气似乎没有，（或未免有点速断？）所以是颇愉快的地方。然而因为端午将到，我不能不赶快回北京来，于是在五日午前二时终于乘了快车离开济南了。

我在济南四天，讲演了八次。范围题目都由我自己选定，本来已是自由极了，但是想来想去总觉得没有什么可讲，勉强拟了几个题目，都没有十分把握，至于所讲的话觉得不能句句确实，句句表现出真诚的气分来，那是更不必说了。就是平常谈话，也常觉得自己有些话是虚空的，不与心情切实相应，说出时便即知道，感到一种恶心的寂寞，好像是嘴里尝到了肥皂。石川啄木的短歌之一云：

不知怎地，
总觉得自己是虚伪之块似的，
将眼睛闭上了。

这种感觉，实在经验了好许多次。在这八个题目之中，只有末了的“神话的趣味”还比较的好一点；这并非因为关于神话更有把握，只因世间对于这个问题很多误会，据公刊的文章上看来，几乎尚未有人加以相当的理解，所以我对于自己的意见还未开始怀疑，觉得不妨略说几句。我想神话的命运很有点与梦相似。野蛮人以梦为真，半开化人以梦为兆，“文明人”以梦为幻，然而在现代学者的手里，却成为全人格之非意识的显现；神话也经过宗教的，“哲学的”以及“科学的”解释之后，由人类学者解救出来，还他原人文学的本来地位。中国现在有相信鬼神托梦魂魄入梦的人，有求梦占梦的人，有说梦是妖妄的人，但没有人去从梦里寻出他情绪的或感觉的分子，若是“满愿的梦”则更求其隐密的动机，为学术的探讨者；说及神话，非信受则排斥，其态度正是一样。我看许多反对神话的人虽然标榜科学，其实他的意思以为神话确有信受的可能，倘若不是竭力抗拒；这正如性意识很强的道学家之提倡戒色，实在是两极相遇了。真正科学家自己既不会轻信，也就不必专用攻击，只是平心静气地研究就得，所以怀疑与宽容是必要的精神，不然便是狂信者的态度，非耶者还是一种教徒，非孔者还是一种儒生，类例很多。即如近来反对泰戈尔运动也是如此，他们自以为是科学思想与西方化，却缺少怀疑与宽容的精神，其实仍是东方式的攻击异端：倘若东方文化里有最大的毒害，这种专制的狂信必是其一了。不意话又说远了，与济南已经毫无关系，就此搁笔，至于神话问题说来也嫌唠叨，改日面谈罢。

六月十日，在北京写

文法之趣味

我对于文法书有一种特殊的趣味。有一时曾拿了文法消遣，仿佛是小说一样，并不想得到什么实益，不过觉得有趣罢了。名学家培因（Alexander Bain）曾说，文法是名学的一部分，于学者极有好处，能使他头脑清晰，理解明敏，这很足以说明文法在教育上的价值。变化与结构的两部，养成分析综合的能力，声义变迁的叙说又可以引起考证的兴趣，倘若附会一点，说是学问艺术的始基也未始不可，因此我常觉得欧洲古时教育之重古典文字不是无意义的。不过那私刑似的强迫学习也很可怕，其弊害等于中国的读经；若在青年自动地于实用之上进而为学问的研究，裨益当非浅鲜，如或从别一方面为趣味的涉猎，那也是我所非常赞同的。

我的对于文法书的趣味，有一半是被严幾道的《英文汉诂》所引起的。在印度读本流行的时候，他这一本书的确是旷野上的呼声，那许多页“析辞”的详细解说，同时受读者的轻蔑或惊叹。在我却受了他不少的影响，学校里发给的一本一九〇一年第四十版的“马孙”英文法二十年来还保存在书架上，虽然别的什么机器书都已不知去向了。其次，“摩利思”的文法也购求到手；这两者都是原序中说及，他所根据的参考书。以后也还随时掇拾一两种，随意翻阅，斯威忒（Henry Sweet）的大著《新英文法》两卷虽是高深，却也给与好些快乐，至于惠忒尼（Whitney）威斯忒（West）巴斯克威耳（Baskerville）诸家学校用文法书也各有好处；他们使我过了多少愉快的时间，这是我所不能忘记的。纳思菲耳（Nesfield）的一套虽然风行一时，几乎成为英语学者的枕中鸿宝，我却一点都感不到什么趣味。他只辑录多少实用的条例，任意地解说一下，教属地的土人学话或者适用的，但是在“文化教育”上的价值可以说几乎等于零了。

这是我两年前所说的话，里边所述的有些也是二十年前的事了。但是我在现今也还没有什么大改变，我总觉得有些文法书要比本国的任何新刊小说更为有趣；我想还可以和人家赌十块钱的输赢，给我在西山租一间屋，我去住在那里，只带一本（让我们假定）英译西威耳（Siever）博士的《古英文法》去，我可以很愉快地消遣一个长夏，——虽然到下山来时自然一句都不记得了。这原是极端举例的话，若是并不赌着东道，我当然还要拣一本浅易的书。近来因为重复地患感冒，长久躲在家里觉得无聊，从书架背后抓出几册旧书来消遣，如德伦支主教（Archbishop Trench）的《文字之研究》，威克勒教授（Ernest Weekley）的《文字的故事》，《姓名的故事》，斯密士（L.P. Smith）的《英国言语》（*The English Language*）等，都极有兴味，很愉快地消磨了几天病里的光阴。文法的三方面中讲字义的一部分比讲声与形的更多趣味，在“素人”看去也是更好的闲书，我愿意介绍给青年们，请他们留下第十遍看《红楼梦》的工夫翻阅这类的小书，我想可以有五成五的把握不至于使他们失望。

这几册小书里我想特别地介绍斯密士的著作。德伦支的或者出版年月未免太早一点了，威克勒的征引稍博，只有斯密士的单讲英语的发达变迁，内容简要，又价廉易得，所以似最适宜。这是“家庭大学丛书”（*Home Univ. Lib.*）之一，就是美国版也售价不出二元，英国版尤廉，不过欧战后装订很坏了。全书共小版二百五十页，内分九章，首三章述英语之起源以至成立，第四五章说造字，六至八章说言语与历史，九章说言语与思想。第五章“造字之人”里边历举好些文人制用新字或使废语复活，司各得亦其中之一，他从古民歌中采用那个“浪漫的名词glamour（魔力，迷魂的美），此字出于grammerye，在中古义云文法学，拉丁文研究，于是同哲学这字一样在愚民心目中不久转变含有魔术的意味了”。《文字的故事》第一及十章中均有相同的记述。这虽是一件小事，但能使我们知道在一个字里会隐藏着怎样奇妙的故事。言语与历史三章述黑暗时代以后英语的发达，至于现代，末章则专论言语与思想之关系，表示文词之发生与意义之变迁皆与时代相关，以文化为背景，如读文化人类学的一部分。斯密士的书原是通俗的小册，但尽足供我们入门之用，以后尚欲研究自有他的书目可以遵循，不是我们这样外行所能说，我的意思不过当作一本闲书介绍给读者罢了。

德伦支引爱默生（Emerson）的话说“字是化石之诗”。我想这的确是不错的，所以说字义部分的通俗文法书可以当文艺作品去读，讲声与形的方面的又可以供给稍倾于理知的人去消遣，与无事闲读《几何原本》聊以自娱一样。现在暑假不久就到，青年们拿一两本这样的书在山坳水边去读，——或与爱人共读，或与《红楼梦》夹读，也都无不可，——倒是一种消夏的妙法。有兴味的人除《文字的故事》等以外，再买ㄙㄎㄧㄊ（Skeat）或威克勒的一册小本《英语语源字典》，随便翻翻也好，可以领解一种读字典的快乐。

临了我还要表一表我的奢望，希望中国也出一本这类的小书，略说汉字的变迁，特别注重于某字最初见于何时何人何书，本意什么，到了何时变了什么意思：这不但足以引起对于文字学的兴趣，于学术前途有益，实在我们个人也想知道这种有趣味的事实。

十四年三月末日

神话的辩护

为神话作辩护，未免有点同善社[1]的嫌疑。但是，只要我自信是凭了理性说话，这些事都可以不管。

反对把神话作儿童读物的人说，神话是迷信，儿童读了要变成义和团与同善社。这个反对迷信的热心，我十分赞同，但关于神话养成迷信这个问题我觉得不能附和。神话在儿童读物里的价值是空想与趣味，不是事实和知识。我在《神话与传说》中曾说：

> 文艺不是历史或科学的记载，大家都是知道的；如见了化石的故事，便相信人真能变石头，固然是个愚人，或者又背着科学来破除迷信，断断地争论化石故事之不合物理也未免成为笨伯[2]了。（“自己的园地”第九）

又在《儿童的文学》中说过：

> 儿童相信猫狗能说话的时候，我们便同他们讲猫狗说话的故事，不但要使得他们喜悦，也因为知道这过程

① 以同善的伪善名义创立的邪教组织。

② 指身体肥大、行动不灵巧的人，泛指愚笨者。

是跳不过的，——然而又自然地会推移过去的，所以相当的应付了，等到儿童要知道猫狗是什么东西的时候到来，我们再可以将生物学的知识供给他们。

现在反对者的错误，即在于以儿童读物中的神话为事实与知识，又以为儿童听了就要终身迷信，便是科学知识也无可挽救。其实神话只能滋养儿童的空想与趣味，不能当作事实，满足知识的要求。这个要求，当由科学去满足他，但也不能因此而遂打消空想。知识上猫狗是哺乳类食肉动物，空想上却不妨仍是会说话的四足朋友；有些科学家兼做大诗人，即是证据。缺乏空想的人们以神话为事实，没有科学知识的便积极的信仰，有科学知识的则消极的趋于攻击，都是错了。迷信之所以有害者，以其被信为真实；倘若知是虚假，则在迷信之中也可以发见许多的美，因为我们以为美的不必一定要是真实。神话原是假的，他决不能妨害科学的知识的发达，也不劳科学的攻击，——反正这不过证明其虚假，正如笑话里证明胡子是有胡须的一般，于其原来价值别无增减。我承认，用神话是教儿童读诳话，但这决无害处，只要大家勿误认读神话之目的为求知识与教训。

有些人以为神话是妖人所造，用以宣传迷信，去蛊惑人的。这个说法完全是不的确。神话的发生，普通在神话学上都有说明，但我觉得德国翁特（Wundt）教授在《民族心理学》里说的很得要领。我们平常把神话包括神话传说童话三种，仿佛以为这三者发生的顺序就是如此的，其实却并不然。童话（广义的）起的最早，在“图腾”时代，人民相信灵魂和魔怪，便据了空想传述他们的行事，或借以说明某种的现象；这种童话有几样特点，其一是没有一定的时地和人名，其二是多有魔术，讲动物的事情，大抵与后世存留的童话相同，所不同者只是那些童话在图腾社会中为群众所信罢了。其次的是翁特所说的英雄与神的时代，这才是传说以及神话（狭义的）发生的时候。童话的主人公多是异物，传说的主人公是英雄，乃是人；异物都有魔力，英雄虽亦常有魔术与法宝的辅助，但仍具人类的属性，多凭了自力成就他的事业。童话中也有人，但大率处于被动的地位，现在则有独立的人格，公然与异物对抗，足以表见民族思想的变迁。英雄是理想的人，神即是理想的英雄；先以人与异物对立，复折衷而成为神的观念，于是神话就同时兴起了。不过神既是不死不变的东西，便没有什么兴衰事迹可记，所以纯粹的狭义的神话几乎是不能有的，一般所称的神话其实多是传说的变体，还是以英雄为主的故事。这两种发生的关系很是密切，指出一定的人物时地也都相同，与童话的渺茫殊异。上边的话固然“语焉不详”，但大约可以知道神话发生的情形，其非出于邪教之宣传作用也可明白了。在发生的当时大抵是为大家所信的，到了后来，已经失却信用，于是转移过来，归入文艺里供我们的赏鉴。即使真是含有作用的妖言，如方士骗秦汉皇帝的话，我们现在既不复信以为真，也正不妨拿来作故事看。我们不能容许神话作家（Mythopoios）再编造当作事实的神话，去宣传同善社的教旨，但是编造假的神话，不但可以做而且值得称赞的，因为这神话作家在现代就成了诗人了。

十三年二月

续神话的辩护

在《文学》第一百十三期上见到郑西谛先生的希腊神话的介绍，使我非常喜欢。神话在中国不曾经过好好的介绍与研究，却已落得许多人的诽谤，以为一切迷信都是他造成的。其实决不如此。神话是原始人的文学，原始人的哲学，——原始人的科学，原始人的宗教传说，但这是人民信仰的表现，并不是造成信仰的原因。说神话会养成迷信，那是倒果为因的话，一点都没有理由。我们研究神话，可以从好几方面着眼，但在大多数觉得最有趣味的当然是文学的方面，这不但因为文艺美术多以神话为材料，实在还因为他自身正是极好的文学。“希腊的神话具有永久不磨的美丽与趣味”，与一切希腊的创作相同，爱好文学的人所不可轻轻错过的。

郑先生所介绍的是阿波罗追赶达芬（原文云Daphne，应译作达夫纳）的故事，大抵根据美国该莱的《古典神话》。对于这个本文我别无什么意见，但见篇末的说明觉得有点不很妥当。郑先生说：

> 这故事是叙写太阳对于露点的现象。阿波罗是日神，达芬是露水之神。太阳为露点的美丽所惑，欲迫近

她；露点惧怕她的热烈的爱人，逃遁了。当太阳的热息接触着她的时候，她消灭了，仅留一绿点在消去的那个地方。希腊的神话大部分都具有如此的解释自然现象的意义的。

希腊神话里的确有些解释自然现象的，但这达夫纳化树的故事却并不是，更不是“太阳神话”。德国缪勒（Max Müller）教授在十九世纪中间，创为言语学派的神话解释法，将神话中的人名一一推原梵文，强求意义，而悉归诸天象，遂如曼哈耳德所说“到处看出太阳来”。他在《比较神话学》及《宗教学》中解释达夫纳的故事云，“达夫纳即梵文的亚哈那，意云曙光。东方先见曙光，朝日后起如正在追他的新妇；其后为烈日之光所触，曙光渐散，终乃死在她的母亲即大地的膝上。”言语学派的旁支有气象学解释法，则到处看出雷神，而以达夫纳为闪电。郑先生所据大约是此派的学说。但据斯宾思（Spence）的《神话学概论》上说，“这派在现今已不见信任，可以说是没有一个信徒！”因为自从经了曼哈耳德和安特路阑（Andrew Lang）等人攻击，言语学派的自然现象说已生破绽，人类学派代之而兴，至于今日。关于达夫纳的问题，阑氏在他的大著《神话仪式与宗教》中解答说：“这种讲变形的神话是野蛮人空想的产物，因为没有人与物不同的观念，所以发生这些故事。”换一句话，便是说，这是根据于灵魂信仰之事物起原的神话。古希腊称香桂树云达夫纳，用于阿波罗崇拜，古人不知此树何以与阿波罗有缘，于是便假想达夫纳是他的情人，因为避他的追求，化而为树，道理很是简明，正如说许亚庚多斯死而化为风信子同一意思。人类学派并不废语源的研究，但不把一切神人看作自然现象，却从古今原始文明的事实中搜集类

《阿波罗与达芙妮》

Apollp and Daphne

济安·劳伦佐·贝尼尼 雕刻

Gian Lorenzo Bernini，1598—1680，意大利

例，根据礼俗思想说明神话的意义，即使未能尽善，大致却已可以满意了。中国神话研究刚在开始，关于解释意义一层不可不略加注意，不要走进言语学派的迷途里去才好。

十三年四月

神话的典故

有几种出版物，都用神话的典故做题目，很是别致，想把它议论一番。这些出版物是（1）《弥洒》，（2）《维纳丝报》，（3）《狮吼》。

《弥洒》创刊于一九二三年三月，卷头声明是“无目的无艺术观不讨论不批评而只发表顺灵感所创造的文艺作品的月刊”。表纸题作*Musai*，第一期宣言《弥洒临凡曲》里说，“我们乃是艺文之神，”附注又声明“Musai即英字Muses”，意思很是明了。弥洒普通虽为司文艺的神女，这里用的没有什么不对；若是严格的讲来，九个神女里包含司历史天文学（这些学问最初当然是与文艺相混）的人，所以弥洒所掌管的实在是学艺，弥洒祠（Mouseion）便成了艺术学问的学校，后来变做所谓博物馆。（Museum即上文的拉丁写法。）近来德国派古典学者改正希腊译音的拼法，弥洒一字应当照例改为“母洒”（Mousai）才好。因为罗马字的u现在是代表希腊语中“鱼韵”的字了。

《维纳丝报》听说是张寥子君主笔，在本年十月十八日出版。第一号上有一篇记者的“发话”，说明“为什么名叫维纳丝”，最重要的一节云：

罗马神话上说，Venus是司美与爱之神，我们把Venus译音写作维纳丝，就作为报的名字，并没有什么神秘的意味，不过表示尊重美术，使人们得到喜悦，健康，美与爱，种种可宝贵的珍物，以期人类生活之美化。”——“不过……”（以下原本用大号字排印。）

查神话学维纳丝的确是爱与美的女神，但是，这爱乃是两性的爱，美亦是引起爱情的美。（德国斯妥丁教授著《希腊罗马神话》）自从大神死后，基督教把旧神招安的招安，贬斥的贬斥，维纳丝就变成了摩登伽似的“淫女”，中古的“维纳丝山”（Venusberg）的故事即是最好的证据，（诃华德著《性的崇拜》）在人身上也有同样的名称。手相学里的维纳丝山系是拇指根的隆起，还没有什么，其他的一个拉丁文的“维纳丝山”却是道学先生所不道的字了。色欲称作“维纳丝事”，花柳病也叫做“维纳丝的病”，这位司美与爱的女神的名誉真是扫地尽了。即使我们不管西欧这些传统的说话，替她恢复昔日的光荣，她也与“提倡美术促进文化无缘，不能做张寥子君这报的商标——倘若要用这个名称，那么这须是主张完全而善美的性的生活的报才行，不然也须是一种普通的“花报”，这才名符其实。现在这却似乎是“菊报”，那么“维纳丝报”的名称的确定的有点牛头不对马嘴了。罗马的维纳丝本来是春之女神，后来与希腊的亚孚罗迭台（Aphrodite）混合，于是有了司美与爱的职分，其实讲到恋爱的神还应以亚孚罗迭台为本尊，不过西欧文人以前都间接的从罗马文学得到她的故事，所以相沿称它作“维奴斯”，虽然严格的说不很妥当，但还简短可取，至于英法国民读成维纳思或维女等音，那正如把郑州的罗马字拼音读为“欠巧”，真是不足为法了。

《维纳斯诞生》

The Birth of Venus

桑德罗·波提切利 绘

Sandro Botticelli，1445—1510，意大利

《狮吼》是一种半月刊，第一期在本年七月发行，广告上标名曰*The Sphinx*（斯芬克思）。本来狮吼的典故据我所知道的只有两个，一是中国的河东狮吼，一是佛教里的狮子吼。现在用作杂志的名称我想一定用的是佛的典故了，见到标名才知是希腊神话里的那个女怪，不免有点出于意料之外。查埃及的斯芬克思（这七个字有点不词，因为不懂它在埃及叫作什么，所以只好随俗称呼）虽是人首狮身，希腊的却是狮身有翼而头和胸乳都是女人的，如酒杯上所画，所以不能就称她为狮，而且她更不会吼。（至少在传说里不曾说她吼过。）她最初名叫菲克思，是一种地下的女怪，同女鸟一样要捉人去吃或是弄死，名字由芬克思而转为有意义的斯芬克思，此云“扼死人的”。但是地下的妖怪大抵有先知的能力，所以她又是个预言者。人们把这两者合在一起，便造成那通行的传说。（哈利孙女士著《希腊宗教研究导言》）她叫过路的人猜谜，猜不着的便被弄死；她的谜是：

早晨用四只脚，中午两只脚，傍晚三只脚走的是什么？

图中那少女似的斯芬克思口中正说出Kai tri（而三……）猜谜的肿足王（此处特别写作Oidipodes）坐着思索。后来他猜着了，这是说“人”，于是斯芬克思输了投岩而死。还有别的瓶画，画着有人拿着鸽子去问斯芬克思，那是她是在“星士”似的给人家解谜了。所以斯芬克思的本领，除了悲剧中所说“吃生肉”以外，是重在给人猜谜或解谜，后人因此拿她来当作科学的象征，正如吉迈拉（Khimaira）是文艺的一样，——总之不听见说她是善于吼。但是《狮吼》却把它当作标题，而且第三期中还有一篇文

俄狄浦斯（Oedipus）破解斯芬克斯（Sphinx）之谜

章曰“Sphinx的呼声”，似乎有点费解。——只可惜我终于没有见到这个杂志，不知道关于呼声是怎样的说明，现在不能批评，因为在半个月前寄信往上海去买，至今不曾寄到，这也是江浙“义战”所给予我们的小好处了。

十三年九月七日

舍伦的故事

舍伦（Seiren）平常多照拉丁文写作Siren，在希腊神话上是一种人首鸟身的女怪，在海边岩上唱歌，使航海者惑乱溺死。最有名的故事是在希腊史诗《阿迭舍亚》（*Odusseia*）里，第十二卷中神女吉耳该（Kirke拉丁作Circe）预告阿迭修思航海的危难说：

第一你当遇着舍伦，她们蛊惑一切遇见的人们。倘若有人疏忽的驶近她们，听了舍伦的歌声，将不复能回家见他的妻儿，他们也不得见他的归来。舍伦蛊惑了他，用了她们清澈的歌声，蹲在草野中间，周围是死人白骨的堆，骨旁有皮正在朽腐。

你当驶舟过去，揉蜜甜的蜡，塞伙伴的耳朵，不使听见歌声；但你如想听，可叫他们把你拴在桅上，用绳缚紧，你便可愉快的听舍伦的歌。倘若你求伙伴解你的缚，让他们更多缚几道在你身上。

我们的船（以下是阿迭修思自述）不久将到舍伦二人的岛，因为有一阵和风送她走路。忽然这风止住了，于是成为无风的沉静，有神使波浪沉睡了。……船近陆地，呼声可闻的时候，我们急速奔逃，舍伦们已看见了前来的船，她们便唱起清澈的歌来。

“来，有名的阿迭修思，来，你希腊的光荣，来这里泊船，听我们两人的歌声。凡乘了黑船来到这里的人，没有一个不从我们口里听了蜜似的甜美的声音，享受欢乐，多得智慧而去。因为我们知道一切，一切因了神意在忒罗亚所产生的苦痛，我们知道丰熟的大地上当来的事情。”

她们用美音这样的说，我心里想听，命伙伴解我的缚，我皱着眉头点头示意，他们却竭力扳桨，驶向前去。……

这样，他们逃过了这个危难，据后代陶器画上所绘，一个舍伦因为失败了便投海而死。有人说她们是水神亚该洛阿思（Achelous）和文艺女神美音（Kalliope）的女儿，本来也是神女，后来地母（Demeter据新说应解作谷母）因为她们不肯替她找寻被冥王劫去的女儿，把她们化作鸟身；又一说她们哀悼地母的女儿，祷天生长翅膀，可以去到处找她。

这是关于舍伦的普通的传说，但是她的来源是怎样的呢，我们可以略加探讨。据哈利孙女士（J.Harrison）的研究，根据古代美术及宗教思想查考下去，舍伦与斯芬克思（Sphinx）等相同原是一种妖怪（Ker）。最初只是死人的魂灵，想像为人首鸟身，但是神人同形的倾向渐占势力，魂灵亦化成人形，只剩下一副翅膀指示出旧时的痕迹，鸟身的女人遂变成死之凶鬼，摄魂催命的使者，即是舍伦了。本来这类地下的妖怪都有攫取生人及能先知这些特色，肉攫鬼女（Hárpuia英文普通作Harpy）很是明了不必说了，斯芬克思虽重在先知，也是“食生肉者”，舍伦也攫人，但用着蛊惑罢了。“荷马”把她们的蛊惑之力移在智慧之饵上面，并不专在感觉，这也是诗人的修改，实际不尽如此。石刻残片绘有乡人午睡，一个鸟足有翼的女子跨坐身上，使他见诸妖梦，这才是舍伦的本相。史诗上说航海者在“无风的沉静”中遇着舍伦，是极好的旁证，在希腊那样地方，日中的太阳是很可畏的，午睡多有危险，不但是放荡的妖梦，或者更起日射病，这便都是舍伦的恶作剧了。所以她们实在是灾害死灭的主者，多用色情的诱惑，史诗中却把她更美化了，又把她移到海岛上去，后世说她们是水神与文艺女神所生，即从这里演化出来的。欧列比台思（Euripides）在悲剧《海伦那》（*Helene*）里说海伦那在悲苦中呼舍伦们，称之曰：

有翼的女郎们，处女们，地的女儿们！

可见她的本原是地下的妖怪，魂灵的变相了。但是舍伦与海的关系自此很是密切，希腊六世纪后传说云：

舍伦是海女，用了她们的美色与艳歌诱惑航海者；从头至脐是人形，状如少女，但以下是鱼尾有鳞。

已将她们与人鱼相混，闻现今希腊乡民还是这样相信。舍伦是可怕的怪物，古人多刻画怪物的形象用作镇邪的禁厌品，灶门上范为“泰山石敢当”似的戈耳共（Gorgon）的恶脸，坟头则列舍伦或斯芬克思，以辟除邪鬼；后人因坟墓与唱歌之联想，渐将舍伦当作唱挽歌的哭女，有些墓碑上刻着她们摘发哭吟之状，于是她们的色情与危险的分子全都失去了，罗马诗人说舍伦因为哀悼地母的女儿之被劫化为鸟身，大约即从这里发生出来的传说。

在现代西欧，舍伦一字借用指蛊惑的女人，这是她的最新的生命了。

本篇材料，除各神话集外，以哈利孙女士的《希腊宗教研究导言》及洛孙的《现代希腊民俗与古宗教》为主。

十三年九月二十八日

科学小说

科学进到中国的儿童界里，不曾建设起“儿童学”来，只见在那里开始攻击童话，——可怜中国儿童固然也还够不上说有好童话听。在“儿童学”开山的美国诚然也有人反对，如勃朗（Brown）之流，以为听了童话未必能造飞机或机关枪，所以即使让步说儿童要听故事，也只许读“科学小说”。这条符命，在中国正在“急急如律令”的奉行。但是我对于“科学小说”总很怀疑，要替童话辩护。不过教育家的老生常谈也无重引的必要，现在别举一两个名人的话替我表示意见。

以性的心理与善种学研究著名的医学博士蔼理斯在《凯沙诺伐论》中说及童话在儿童生活上之必要，因为这是他们精神上的最自然的食物。倘若不供给他，这个缺损永远无物能够弥补，正如使小孩单吃淀粉质的东西，生理上所受的饿不是后来给予乳汁所能补救的一样。吸收童话的力不久消失，除非小孩有异常强盛的创造想像力，这方面精神的生长大抵是永久的停顿了。在他的《社会卫生的事业》（据序上所说这社会卫生实在是社会改革的意思，并非普通的卫生事项）第七章里也说：

> 听不到童话的小孩自己来造作童话，——因为他在

精神的生长上必需这些东西，正如在身体的生长上必需糖一样，——但是他大抵造的很坏。

据所引医学杂志的实例，有一位夫人立志用真实教训儿童，废止童话，后来却见小孩们造作了许多可骇的故事，结果还是拿《杀巨人的甲克》来给他们消遣。他又说少年必将反对儿时的故事，正如他反对儿时的代乳粉，所以将来要使他相信的东西以不加在里边为宜。这句话说的很有意思，不但荒唐的童话因此不会有什么害处，而且正经的科学小说因此也就不大有什么用处了。

阿那多尔法兰西（Anatole France）是一个文人，但他老先生在法国学院里被人称为无神论者无政府主义者，所以他的论童话未必会有拥护迷信的嫌疑。《我的朋友的书》是他早年的杰作，第二编《苏珊之卷》里有一篇“与D夫人书”，发表他的许多聪明公正的意见：

那位路易菲该先生是个好人，但他一想到法国的少年少女还会在那里读《驴皮》，他平常的镇静便完全失掉了。他做了一篇序，劝告父母须得从儿童手里把贝洛尔的故事夺下，给他们看他友人菲古斯博士的著作。“琼英姑娘，请把这书合起了罢。不要再管那使你喜欢得流泪的天青的鸟儿了，请你快点去学了那以太麻醉法罢。你已经七岁了，还一点都不懂得一酸化窒素的麻醉力咧！”路易菲该先生发见了仙女都是空想的产物，所以他不准把这些故事讲给他们听。他给他们讲海鸟粪肥料：在这里边是没有什么空想的，——但是，博士先生，正因为仙女是空想的，所以他们存在。他们存在在那些素朴新鲜的空想之中，自然形成为不老的诗——民众传统的诗的空想之中。

最琐屑的小书，倘若它引起一个诗的思想，暗示一个美的感情，总之倘若它触动人的心，那在小孩少年就要比你们的讲机械的所有的书更有无限的价值。

我们必须有给小孩看的故事，给大孩看的故事，使我们笑，使我们哭，使我们置身于幻惑之世界里的故事。

这样的抄下去，实在将漫无限制，非至全篇抄完不止；我也很想全抄，倘若不是因为见到自己译文的拙劣而停住了。但是我还忍不住再要抄他一节：

请不要怕他们（童话的作者）将那些关于妖怪和仙女的废话充满了小孩的心，会把他教坏了。小孩着实知道这些美的形象不是这世界里所有的。有害的倒还是你们的通俗科学，给他那些不易矫正的谬误的印象。深信不疑的小孩一听威奴先生这样说，便真相信人能够装在一个炮弹内放到月亮上面去，及一个物体能够轻易地反抗重力的定则。

古老尊严的天文学之这样的滑稽拟作，既没有真，也没有美，是一无足取。

照上边说来，科学小说总是弄不好的：当作小说与《杀巨人的甲克》一样的讲给小孩听呢，将来反正同甲克一样的被抛弃，无补于他的天文学的知识。当作科学与海鸟粪一样的讲呢，无奈做成故事，不能完全没有空想，结果还是装在炮弹里放到月亮上去，不再能保存学术的真实了。即如法阑玛利唵（Flamarion）的《世界如何终局》当然是一部好的科学小说，比焦尔士威奴

（Jules Verne根据梁任公先生的旧译）或者要好一点了，但我见第二篇一章里有这样的几句话：

> 街上没有雨水，也没有泥水：因为雨一下，天空中就布满了一种玻璃的雨伞，所以没有各自拿伞的必要。

这与童话里的法宝似乎没有什么差别，只是更笨相一点罢了。这种玻璃雨伞或者自有做法，在我辈不懂科学的人却实在看了茫然，只觉得同金箍棒一样的古怪。如其说只是漠然的愿望，那么千里眼之于望远镜，顺风耳之于电话等，这类事情童话中也“古已有之”了。科学小说做得好的，其结果还是一篇童话，这才令人有阅读的兴致，所不同者，其中偶有抛物线等的讲义须急忙翻过去，不像童话的行行都读而已。有些人借了小说写他的“乌托邦”的理想，那是别一类，不算在科学小说之内。又上文所说系儿童文学范围内的问题，若是给平常人看，科学小说的价值又当别论，不是我今日所要说的了。

十三年九月一日

读纺轮的故事

孟代（Catulle Mendès）是法国高蹈派[1]的一个诗人。据汤谟孙说：

> 他有长的金发，黄胡须，好像一个少年犹太博士。他有青春与美与奇才。……他写珍异的诗，恍忽的，逸乐的，昏呓地恶的，——因为在他那里有着元始的罪的斑痕。他用了从朗赛尔集里采来的异调古韵做诗，他写交错叶韵的萨福式的歌，他预示今日诗人的暧昧而且异教的神秘主义。他歌亲嘴，与乳，——总是亲嘴，正如人可以不吃食而尽读食单。

颓废派大师波特来耳见他说道：

> 我爱这个少年，——他有着所有的缺点。

---

① 十九世纪六十年代法国诗歌流派。以古希腊神话中阿波罗和缪斯诸神居住的巴那斯山称其名，并出有诗选《当代巴那斯》。主张诗歌脱离社会，不问政治；以创作“冷静的”“客观的”“无我的”诗相标榜，充满悲观颓废情调；形式上刻意追求造型美感，是当时自然主义思潮在诗歌创作中的表现，亦为法国象征主义的文学前驱。

圣白甫且惊且喜，批评他道：

蜜与毒。

这样的就是《纺轮的故事》的著者。——有许多字面，在法里赛人觉得是很坏的贬辞，在现代思想上有时正是相反，所以就上文看来可以想到孟代是近来的一个很有意思的诗人了。《纺轮的故事》虽然不是他的代表著作，却也很有他的特色。我们看到孟代的这部书，不禁联想起王尔德的那两卷童话。我们虽然也爱好《石榴之家》，但觉得还不及这册书的有趣味，因为王尔德在那里有时还要野狐禅的说法，孟代却是老实的说他的撒但的格言。这种例颇多，我所最喜欢的是那《两枝雏菊》。他写冷德莱的享乐生活道：

> 的确，他生活的目的是在找一个尝遍人生的趣味的方法。他看见什么便要，他要什么便有。每日，每时，雏菊失却一片花瓣；那和风没有时间去吹拂玫瑰的枝儿，他所有的功夫都用在飘散仙子送与冷德莱的花瓣上去了。

这是对于生之快乐的怎样热烈的寻求，正如王尔德的“把灵魂底真珠投进酒杯中，在笛音里踏着莲馨花的花径”一样，不过王尔德童话里不曾表出；两者的文章都很美妙，但孟代的教训更是老实，不是为儿童而是“为青年男女”（Viginibus Puerisque）的，这是他的所以别有趣味的地方。

孟代当初与玩蜥蜴念汉文的戈谛亚结婚，不久分离了，以后便是他的无穷的恋爱的冒险。他“也许将花瓣掷得太快了”，毫不经心地将他的青春耗废，原是不足为训的，但是，比较“完全不曾有过青春期的回想”，他的生活却是好的多了。本来生活之艺术并不在禁欲也不在耽溺，在于二者之互相支拄，欲取复拒，欲拒复取，造成旋律的人生，决不以一直线的进行为贵。耽溺是生活的基本，不是可以蔑视的，只是需要一种节制；这便是禁欲主义的用处，唯其功用在于因此而能得到更完全的满足，离开了这个目的他自身就别无价值。在蒲萄熟的时候，我们应该拿蒲萄来吃，只不可吃的太多至于恶心，我们有时停止，使得下次吃时更为——或者至少也同样的甘美。但是在蒲萄时节，不必强要禁戒，留到后日吃干蒲萄，那是很了然的了。我怕敢提倡孟代的主张，因为中国有人把雏菊珍藏成灰，或者整朵的踏碎，却绝少知道一片片的利用花瓣的人，所以不容易得人的欢迎，然而因此也就没有什么危险。孟代的甜味里或是确有点毒性，不过于现代的青年不会发生什么效果，因为传统的抗毒质已经太深了，虽然我是还希望这毒能有一点反应。

十二年十二月

读欲海回狂

我读《欲海回狂》的历史真是说来话长。第一次见这本书是在民国元年，在浙江教育司里范古农先生的案头。我坐在范先生的背后，虽然每日望见写着许多墨笔题词的部面，却总不曾起什么好奇心，想借来一看。第二次是三年前的春天，在西城的医院里养病，因为与经典流通处相距不远，便买了些小乘经和杂书来消遣，其中一本是那《欲海回狂》。第三次的因缘是最奇了。去年甘肃杨汉公因高张结婚事件大肆攻击，其中说及某公寄《欲海回狂》与高君，令其忏悔。我想到那些谬人的思想根据或者便在这本善书内，所以想拿出来检查一番，但因别的事情终于搁下了，直到现在才能做到，不过对于前回事件已经没有什么兴趣，所以只是略说我的感想罢了。

我常想，做戒淫书的人与做淫书的人都多少有点色情狂。这句话当然要为信奉"《安士全书》的人生观"的人们所骂，其实却是真的。即如书中"总劝"一节里的四六文云：

> 遇骄姿于道左，目注千番；逢丽色于闺帘，肠回百转。

就是艳词，可以放进《游仙窟》里去。平心而论，周安士居士的这部书总可以算是戒淫书中之“白眉”[①]，因为他能够说的彻底。卷一中云：

> 芙蓉白面，须知带肉骷髅；美貌红妆，不过蒙衣漏厕。

即是他的中心要义，虽然这并非他的新发见，但根据这个来说戒淫总是他的创见了。所以三卷书中最精粹的是中卷“受持篇”里“经要门”以下的几章，而尤以“不净观”一章为最要。我读了最感趣味的，也便是这一部分。

我要干脆的声明，我是极反对“不净观”的。为什么现在却对于它这样的感着趣味呢？这便因为我觉得“不净观”是古代的性教育。虽然他所走的是倒路，但到底是一种性教育，与儒教之密藏与严禁的办法不同。下卷“决疑论”中云：

> 男女之道，人之大欲存焉。欲火动时，勃然难遏，纵刀锯在前，鼎镬随后，犹图徼幸于万一，若独藉往圣微词，令彼一片淫心冰消雪解，此万万不可得之数也。且夫理之可以劝导世人助扬王化者，莫如因果之说矣；独至淫心乍发，虽目击现在因果，终不能断其爱根，唯有不净二字可以绝之，所谓禁得十分不如淡得一分也。论戒淫者，断以不净观为宗矣。

很能明白的说出它的性质。印度人的思想似乎处处要比中国

① 马良字季常，襄阳宜城人也。兄弟五人，并有才名，乡里为之谚曰：“马氏五常，白眉最良。”良眉中有白毛，故以称之。后因以喻兄弟或侪辈中的杰出者。

空灵奇特，所以能在科学不发达的时代发明一种特殊的性教育，想从根本上除掉爱欲，虽然今日看来原是倒行逆施，但是总值得佩服的了。

现在的性教育的正宗却是“净观”，正是“不净观”的反面。我们真不懂为什么一个人要把自己看做一袋粪，把自己的汗唾精血看的很是污秽？倘若真是这样想，实在应当用一把净火将自身焚化了才对。既然要生存在世间，对于这个肉体当然不能不先是认，此外关于这肉体的现象与需要自然也就不能有什么拒绝。周安士知道人之大欲不是圣贤教训或因果劝戒所能防止，于是想用“不净观”来抵御它；“不净观”虽以生理为本，但是太挠曲了，几乎与事实相背，其结果亦只成为一种教训，务阻塞而非疏通：凡是人欲，如不事疏通而妄去阻塞，终于是不行的。净观的性教育则是认人生，是认生之一切欲求，使人关于两性的事实有正确的知识，再加以高尚的趣味之修养，庶几可以有效。但这疏导的正路只能为顺遂的人生作一种预备，仍不能使人厌弃爱欲，因为这是人生不可能的事。

《欲海回狂》——佛教的“不净观”的通俗教科书[①]——在有常识的人看了是很有趣味的书，但当作劝世的书却是有害的。像杨汉公辈可以不必论矣，即是平常的青年，倘若受了这种禁欲思想的影响，于他的生活上难免种下不好的因，因为性的不净思想是两性关系的最大的敌，而“不净观”实为这种思想的基本。儒教轻蔑女子，还只是根据经验，佛教则根据生理而加以宗教的解释，更为无理，与道教之以女子为鼎器相比其流弊不相上下。我想尊重出家的和尚，但是见了主张“有生即是错误”而贪恋名

① 佛教本来只是婆罗门教的改良，这种不净观大约也是从外道取来，如萨克谛宗徒的观念女根瑜尼，似即可转变为《禅秘要经》中的诸法。不过这单是外行人的一种推测，顺便说及罢了。

利，标榜良知而肆意胡说的居士儒者，不禁发生不快之感，对于他们的圣典也不免怀有反感，这或者是我之所以不能公平的评估这本善书的原因罢。

十三年二月

读京华碧血录

《京华碧血录》是我所见林琴南先生最新刊的小说。我久不读林先生的古文译本，他的所有“创作”却都见过。这本书序上写的是“壬子长至”，但出版在于十二年后，我看见时又在出版后两三个月了。书中写邴生刘女的因缘，不脱才子佳人的旧套。梅儿是一个三从四德的木偶人，倒也算了，邴仲光文武全才，亦儒亦侠，乃是文素臣铁公子一流人物，看了更觉得有点难过。不过我在这里并不想来攻击这书的缺点，因为林先生的著作本是旧派，这些缺点可以说是当然的；现在我所要说的是此书中的好处。

《碧血录》全书五十三章，我所觉得好的是第十九至第廿四这五章记述庚子拳匪在京城杀人的文章。我向来是神经衰弱的，怕听那些凶残的故事，但有时却又病理地想去打听，找些战乱的纪载来看。最初见到的是“明季稗史”里的《扬州十日记》，其次是李小池的《思痛记》，使我知道清初及洪杨时情形的一斑。《寄园寄所寄》中故事大抵都已忘却，唯张勋战败的那年秋天，伏处寓中，借《知不足斋丛书》消遣，见到《曲洧旧闻》（？）里一条因子巷缘起的传说，还是记得，正如安特来夫的《小人物的自白》里的恶梦，使人长久不得宁贴。关于拳匪的事我也极想知道一点，可惜不易找到，只有在阑陀的《在北京的联军》两卷中看见一部分，但中国的记载终于没有，《驴背集》等书记的太略，没有什么用处。专门研究庚子史实的人当然有些材料，我只是随便看看，所以见闻如此浅陋。林先生在这寥寥十五页里记了好些义和拳的轶事，颇能写出他们的愚蠢与凶残来。外国人的所见自然偏重自己的一方面，中国人又多“家丑不可外扬”的意思，不大愿意记自相残杀的情形，林先生的思想虽然旧，在这一点上却很明白，他知道拳匪的两样坏处，所以他写的虽然简略，却能抉出这次国民运动的真相来了。

以上是两个月前所写，到了现在，又找了出来，想续写下去，时势却已大变，再要批评拳匪似乎不免有点不稳便，因为他们的义民的称号不久将由国民给他恢复了。本来在现今的世界排外不能算是什么恶德，“以直报怨”我觉得原是可以的，不过就是盗亦有道，所以排外也自有正当的方法。像凯末尔的击破外敌改组政府的办法即是好例，中国人如图自卫，提倡军国主义，预备练成义勇的军队与外国抵抗，我虽不代为鼓吹，却也还可以赞同，因为这还不失为一种办法。至如拳匪那样，想借符咒的力量灭尽洋人，一面对于本国人大加残杀，终是匪的行为，够不上排外的资格。记心不好的中国人忘了他们残民以逞的事情，只同情于“扶清灭洋”的旗号，于是把他们的名誉逐渐提高，不久恐要在太平天国之上。现在的青年正不妨“卧薪尝胆”地修炼武功，练习机关枪准备对打，发明“死光”准备对照，似大可不必回首去寻大师兄的法宝。我不相信中国会起第二次的义和拳，如帝国主义的狂徒所说；但我觉得精神上的义和拳是可以有的，如没有具体的办法，只在纸上写些“杀妖杀妖”或“赶走直脚鬼”等语聊以快意，即是“口中念念有词”的变相；又对于异己者加以许多“洋狗洋奴”的称号，痛加骂詈，即是搜杀二毛子的老法子，他的结果是于“夷人”并无重大的损害，只落得一场骚扰，使这奄奄一息的中国的元气更加损伤。我不承认若何重大的赔款足以阻止国民正当的自卫抵抗心之发达，但是愚蠢与凶残之一时的横行乃是最酷烈的果报，其贻害于后世者比敌国的任何种惩创尤为重大。我之反对拳匪以此，赞成六年前陈独秀先生的反对拆毁克林德碑与林琴南先生的《碧血录》里的意见者亦以此，——现在陈林二先生的态度，不知有无变化，我则还是如此。

虽然时常有青年说我的意见太是偏激，我自己却觉得很有顽固的倾向，似乎对于林琴南辜汤生诸先生的意思比对于现代青年的还理解得多一点，这足以表明我们的思想已是所谓属于过去的了。但是我又有时觉得现代青年们似乎比我们更多有传统的精神，更是完全的中国人，到底不知道是怎么一回事。上边所说的话，我仔细看过，仿佛比他们旧，然而仿佛也比他们新，——其实这正是难怪，因为在这一点上陈独秀林琴南两先生恰巧是同意也。

甲子四月下旬

两条腿序

《两条腿》是一篇童话。文学的童话到了丹麦的安徒生（Hans Christian Andersen）已达绝顶，再没有人能够及他，因为他是个永远的孩子，他用诗人的笔来写儿童的思想，所以他的作品是文艺的创作，却又是真的童话。爱华耳特（Carl Ewald）虽然是他的同乡，要想同他老人家争这个坐位，当然是不大有希望：天下那里还有第二个七十岁的小孩呢？但《两条腿》总不愧为一篇好的文学的童话，因为有它自己的特色。

自然的童话妙在不必有什么意思，文学的童话则大抵意思多于趣味，便是安徒生有许多都是如此，不必说王尔德（Oscar Wilde）等人了。所谓意思可以分为两种，一是智慧，一是知识。第一种重在教训，是主观的，自劝戒寄托以至表述人生观都算在内，种类颇多，数量也很不少，古来文学的童话几乎十九都属此类。第二种便是科学故事，是客观的；科学发达本来只是近百年来的事，要把这些枯燥的事实讲成鲜甜的故事也并非容易的工作，所以这类东西非常缺少，差不多是有目无书，和上边的正是一个反面。《两条腿》乃是这科学童话中的一种佳作，不但是讲得好，便是材料也很有戏剧的趣味与教育的价值。

《两条腿》是讲人类生活变迁的童话。文化人类学的知识在教育上的价值是不怕会估计得太多的，倘若有人问儿童应具的基本常识是些什么，除了生理以外我就要举出这个来。中国人的小学教育，两极端的是在那里讲忠孝节义或是教怎样写借票甘结，无须多说，中间的总算说是要给予他们人生的知识了，但是天文地理的弄上好些年，结果连自己是怎么活着的这事实也仍是不明白。这种办法，教育家在他们的壶卢里卖的是什么药我们外行无从知道，但若以学生父兄的资格容许讲一句话，则我希望小孩在高小修业的时候在国文数学等以外须得有关于人身及人类历史的相当的常识。不过现在的学校大抵是以职业和教训为中心，不大有工夫来顾到这些小事，动植物学的知识多守中立，与人的生理不很相连，而人身生理教科书又都缺一章，就是到了中学人还是不泌尿的，至于人类文化史讲话一类的东西更不是课程里所有，所以这种知识只能去求之于校外的读物了。我现在有两个女儿，十二年来我时时焦虑，想预备一本性教育的故事书给她们看，现今“老虎追到脚后跟”却终于还未寻到一本好书，又没有地方去找教师或医生可以代担这个启蒙的责任，（我自己觉得实在不大有父范的资格，）真是很为难了。讲文化变迁的书倒还有一二，如已译出的《人与自然》就是一种有用的本子，但这是记录的文章，适于高小的生徒，在更幼小的却以故事为适宜。《两条腿》可以说是这种科学童话之一。

《两条腿》是真意义的一篇动物故事。普通的动物故事大都把兽类人格化了，不过保存他们原有的特性，所以看去很似人类社会的喜剧，不专重在表示生物界的生活现象：《两条腿》之所以称为动物故事却有别的意义，便因它把主人公两条腿先生当作一只动物去写，并不看他作我们自己或是我们的祖先，无意有意的加上一层自己中心的粉饰。它写两条腿是一个十分利己而强毅聪敏的人，讲到心术或者还在猩猩表兄之下，然而智力则超过大众，不管是好是坏这总是人类的实在情形。《两条腿》写人类生活，而能够把人当作百兽之一去看，这不特合于科学的精神，也使得这件故事更有趣味。

这本科学童话《两条腿》现在经李小峰君译成汉文，小朋友们是应该感谢的。所据系麦妥思（A.Teixeira de Mattos）英译本，原有插画数幅，又有一张雨景的画系丹麦画家原本，觉得特别有趣，当可以稍助读者的兴致，便请李君都收到书里去了。

十四年二月九日，于北京记

自己的园地

一百五十年前，法国的福禄特尔[①]做了一本小说《亢迭特》（Candide），叙述人世的苦难，嘲笑"全舌博士"的乐天哲学。[②]亢迭特与他的老师全舌博士经了许多忧患，终于在土耳其的一角里住下，种园过活，才能得到安住。亢迭特对于全舌博士的始终不渝的乐天说，下结论道，"这些都是很好，但我们还不如去耕种自己的园地。"这句格言现在已经是"脍炙人口"，意思也很明白，不必再等我下什么注脚。但是现在把他抄来，却有一点别的意义。所谓自己的园地，本来是范围很宽，并不限定于某一种：种果蔬也罢，种药材也罢——种蔷薇地丁也罢，只要本了他个人的自觉，在他认定的不论大小的地面上，尽了力量去耕种，便都是尽了他的天职了。在这平淡无奇的谈话中间，我所想要特地申明的，只是在于种蔷薇地丁也是耕种我们自己的园地，与种果蔬药材，虽是种类不同而有同一的价值。

---

① 即伏尔泰。

② 这部小说的主题思想是批判十七世纪德国哲学家莱布尼兹的。莱布尼兹认为世界上的一切现实都是自然的安排，是完全协调的，因而是尽善尽美的。亢迭特的老师潘葛洛斯是莱布尼兹的信徒，可是他的学生却对此怀疑，认为这一切都是维护旧政权、旧社会、旧制度、旧礼教的欺骗人民的谎话。伏尔泰通过他创造的故事，辛辣地讽刺并揭露了这些旧政权、旧制度的腐败和不合理。

我们自己的园地是文艺，这是要在先声明的。我并非鄙薄别种活动而不屑为——我平常承认各种活动于生活都是必要，实在是小半由于没有这样的才能，大半由于缺少这样的趣味，所以不得不在这中间定一个去就。但我对于这个选择并不后悔，并不惭愧园地的小与出产的薄弱而且似乎无用。依了自己的心的倾向，去种蔷薇地丁，这是尊重个性的正当办法，即使如别人所说各人果真应报社会的恩，我也相信已经报答了，因为社会不但需要果蔬药材，却也一样迫切的需要蔷薇与地丁——如有蔑视这些的社会，那便是白痴的，只有形体而没有精神生活的社会，我们没有去顾视他的必要。倘若用了什么名义，强迫人牺牲了个性去侍奉白痴的社会——美其名曰迎合社会的心理——那简直与借了伦常之名强人忠君，借了国家之名强人战争一样的不合理了。

有人说道，据你所说，那么你所主张的文艺，一定是人生派的艺术了。泛称人生派的艺术，我当然是没有什么反对，但是普通所谓人生派是主张“为人生的艺术”的，对于这个我却略有一点意见。“为艺术的艺术”将艺术与人生分离，并且将人生附属于艺术，至于如王尔德的提倡人生之艺术化，固然不很妥当；“为人生的艺术”以艺术附属于人生，将艺术当作改造生活的工具而非终极，也何尝不把艺术与人生分离呢？我以为艺术当然是人生的，因为他本是我们感情生活的表现，叫他怎能与人生分离？“为人生”——于人生有实利，当然也是艺术本有的一种作用，但并非唯一的职务。总之艺术是独立的，却又原来是人性的，所以既不必使他隔离人生，又不必使他服侍人生，只任他成为浑然的人生的艺术便好了。“为艺术”派以个人为艺术的工匠，“为人生”派以艺术为人生的仆役，现在却以个人为主人，表现情思而成艺术，即为其生活之一部，初不为福利他人而作，而他人接触这艺术，得到一种共鸣与感兴，使其精神生活充实而丰富，又即以为实生活的基本；这是人生的艺术的要点，有独立的艺术美与无形的功利。我所说的蔷薇地丁的种作，便是如此。有些人种花聊以消遣，有些人种花志在卖钱；真种花者以种花为其生活——而花亦未尝不美，未尝于人无益。

一九二二年一月

乌篷船

子荣君：

接到手书，知道你要到我的故乡去，叫我给你一点什么指导。老实说，我的故乡，真正觉得可怀恋的地方，并不是那里；但是因为在那里生长，住过十多年，究竟知道一点情形，所以写这一封信告诉你。

我所要告诉你的，并不是那里的风土人情，那是写不尽的，但是你到那里一看也就会明白的，不必啰唆地多讲。我要说的是一种很有趣的东西，这便是船。你在家乡平常总坐人力车，电车，或是汽车，但在我的故乡那里这些都没有，除了在城内或山上是用轿子以外，普通代步都是用船。船有两种，普通坐的都是“乌篷船”，白篷[①]的大抵作航船用，坐夜航船到西陵去也有特别的风趣，但是你总不便坐，所以我也就可以不说了。乌篷船大的为“四明瓦”[②]（Sy-menngoa），小的为脚划船（划读如uoa），亦称小船。但是最适用的还是在这中间的“三道”，亦即三明

① 白篷，指涂桐油清漆的乌篷船。

② 明瓦，即磨成半透明的薄片，主要材料为海洋贝类的贝壳、羊角、天然透明云母片。嵌于窗间或顶篷上以取光，我国未有玻璃以前多用之。四明瓦，即在乌篷间安装四道明瓦。

瓦。篷是半圆形的，用竹片编成，中夹竹箬[①]，上涂黑油；在两扇“定篷”之间放着一扇遮阳，也是半圆的，木作格子，嵌着一片片的小鱼鳞，径约一寸，颇有点透明，略似玻璃而坚韧耐用，这就称为明瓦。三明瓦者，谓其中舱有两道，后舱有一道明瓦也。船尾用橹，大抵两支，船首有竹篙，用以定船。船头着眉目，状如老虎，但似在微笑，颇滑稽而不可怕，唯白篷船则无之。三道船篷之高大约可以使你直立，舱宽可放下一顶方桌，四个人坐着打马将[②]——这个恐怕你也已学会了吧？小船则真是一叶扁舟，你坐在船底席上，篷顶离你的头有两三寸，你的两手可以搁在左右的舷上，还把手都露出在外边。在这种船里仿佛是在水面上坐，靠近田岸去时泥土便和你的眼鼻接近，而且遇着风浪，或是坐得少不小心，就会船底朝天，发生危险，但是也颇有趣味，是水乡的一种特色。不过你总可以不必去坐，最好还是坐那三道船罢。

你如坐船出去，可是不能像坐电车的那样性急，立刻盼望走到。倘若出城，走三四十里路（我们那里的里程是很短，一里才及英里三分之一），来回总要预备一天。你坐在船上，应该是游山的态度，看看四周物色，随处可见的山，岸旁的乌桕，河边的红蓼和白苹，渔舍，各式各样的桥，困倦的时候睡在舱中拿出随笔来看，或者冲一碗清茶喝喝。偏门外的鉴湖一带，贺家池，壶觞左近，我都是喜欢的，或者往娄公埠骑驴去游兰亭（但我劝你还是步行，骑驴或者于你不很相宜），到得暮色苍然的时候进城上都挂着薜荔的东门来，倒是颇有趣味的事。倘若路上不平静，你往杭州去时可于下午开船，黄昏时候的景色正最好看，只可惜这一带地方的名字我都忘记了。夜间睡在舱中，听水声橹声，来往船只的招呼声，以及乡间的犬吠鸡鸣，也都很有意思。雇一只

① 箬（ruò），箬竹的叶子，叶大而宽，可防雨。

② 马将（mǎ jiāng），即麻将。

船到乡下去看庙戏，可以了解中国旧戏的真趣味，而且在船上行动自如，要看就看，要睡就睡，要喝酒就喝酒，我觉得也可以算是理想的行乐法。只可惜讲维新以来这些演剧与迎会[①]都已禁止，中产阶级的低能人别在“布业会馆”[②]等处建起“海式”的戏场来，请大家买票看上海的猫儿戏[③]。这些地方你千万不要去。——你到我那故乡，恐怕没有一个人认得，我又因为在教书不能陪你去玩，坐夜船，谈闲天，实在抱歉而且惆怅。川岛君夫妇现在俩山下，本来可以给你绍介，但是你到那里的时候他们恐怕已经离开故乡了。初寒，善自珍重，不尽。

一九二六年于北京

① 迎会，又称抬阁，是集历史故事、神话传奇于一体，融绘画、戏曲、彩扎、纸塑、杂技等艺术为一身的特色传统民俗舞蹈。作为中国民间迎神赛会中的一种游艺项目，在木制的四方形小阁里有两三个人扮饰戏曲故事中的人物，由别人抬着游行。

② 位于浙江省绍兴市区解放路北后街。清光绪三年（1877），绍兴布业同仁集资建造。

③ 猫儿戏，又称“髦儿戏”，指清末民初上海地区由女伶戏班表演的戏曲活动。

闭户读书论

自唯物论兴而人心大变。昔者世有所谓灵魂等物，大智固亦以轮回为苦，然在凡夫则未始不是一种慰安，风流士女可以续未了之缘，壮烈英雄则曰，“二十年后又是一条好汉”。但是现在知道人的性命只有一条，一失足成千古恨，再回头已百年身，只有上联而无下联，岂不悲哉！固然，知道人生之不再，宗教的希求可以转变为社会运动，不求未来的永生，但求现世的善生，勇猛地冲上前去，造成恶活不如好死之精神，那也是可能的。然而在大多数凡夫却有点不同，他的结果不但不能砭顽起懦[1]，恐怕反要使得懦夫有卧志了罢。

“此刻现在”，无论在相信唯物或是有鬼论者都是一个危险时期。除非你是在做官，你对于现时的中国一定会有好些不满或是不平。这些不满和不平积在你的心里，正如噎隔患者肚里的“痞块”[2]一样，你如没有法子把他除掉，总有一天会断送你的性命。那么，有什么法子可以除掉这个痞块呢？我可以答说，没有好法子。假如激烈一点的人，且不要说动，单是乱叫乱嚷起来，想出出一口鸟气，那就容易有共党朋友的嫌疑，说不定会同逃兵之流一起去正了

---

① 砭顽起懦，指用语言文学刺激唤醒愚昧和软弱的人，使其头脑清醒，意志坚强起来。

② 痞块，一般指积聚病，腹内结块、伴有胀痛为主要特征的病征。

法。有鬼论者还不过白折了二十年光阴，只有一副性命的就大上其当了。忍耐着不说呢，恐怕也要变成忧郁病，倘若生在上海，迟早总跳进黄浦江里去，也不管公安局钉立的木牌说什么死得死不得。结局是一样，医好了烦闷就丢掉了性命，正如门板夹直了驼背。那么怎么办好呢？我看，苟全性命于乱世是第一要紧，所以最好是从头就不烦闷。不过这如不是圣贤，只有做官的才能够，如上文所述，所以平常下级人民是不能仿效的。其次是有了烦闷去用方法消遣。抽大烟，讨姨太太，赌钱，住温泉场等，都是一种消遣法，但是有些很要用钱，有些很要用力，寒士没有力量去做。我想了一天才算想到了一个方法，这就是“闭户读书”。

记得在没有多少年前曾经有过一句很行时[①]的口号，叫做“读书不忘救国”。其实这是很不容易的。西儒有言，二鸟在林不如一鸟在手，追两兔者并失之。幸而近来“青运”已经停止，救国事业有人担当，昔日辘轳体[②]的口号今成截上的小题，专门读书，此其时矣，闭户云者，聊以形容，言其专一耳，非真辟札[③]则不把卷，二者有必然之因果也。

但是，敢问读什么呢？经，自然，这是圣人之典，非读不可的，而且听说三民主义之源盖出于《四书》，不特维礼教，即为应考试计，亦在所必读之列，这是无可疑的了。但我所觉得重要的还是在于乙部，即是四库之史部。老实说，我虽不大有什么历史癖，却是很有点历史迷的。我始终相信《二十四史》是一部好书，他很诚恳地告诉我们过去曾如此，现在是如此，将来要如此。历史所告诉我们的在表面的确只是过去，但现在与将来也就在这里面了：正

① 时行，谓见重于当时，流行。

② 辘轳体（lù lu tǐ），诗体的一种，杂体诗名。因诗的韵律如水井之辘轳架旋转而下，故名辘轳体。

③ 辟，透彻。札，古代写字用的小而薄的木片。辟札用以形容好书。

史好似人家祖先的神像，画得特别庄严点，从这上面却总还看得出子孙的面影，至于野史等更有意思，那是行乐图[1]小照[2]之流，更充足地保存真相，往往令观者拍案叫绝，叹遗传之神妙。正如獐头鼠目再生于十世之后一样，历史的人物亦常重现于当世的舞台，恍如夺舍重来，慑人心目，此可怖的悦乐为不知历史者所不能得者也。通历史的人如太乙真人目能见鬼，无论自称为什么，他都能知道这是谁的化身，在古卷上找得他的原形，自盘庚时代以降一一具在，其一再降凡之迹若示诸掌焉。浅学者流妄生分别，或以二十世纪，或以北伐成功，或以农军起事划分时期，以为从此是另一世界，将大有改变，与以前绝对不同，仿佛是旧人霎时死绝，新人自天落下，自地涌出，或从空桑中跳出来，完全是两种生物的样子：此正是不学之过也。宜趁现在不甚适宜于说话做事的时候，关起门来努力读书，翻开故纸，与活人对照，死书就变成活书，可以得道，可以养生，岂不懿欤[3]？——喔，我这些话真说得太抽象而不得要领了。但是，具体的又如何说呢？我又还缺少学问，论理还应少说闲话，多读经史才对，现在赶紧打住罢。

一九二八年十一月

① 行乐图，即指作游玩消遣状的人像图画，或指肖像画。

② 小照，指肖像照。缘起于汉武梁祠，画古贤烈女之像。

③ 懿欤，意为美好美善。

关于写文章

去年除夕在某处茶话，有一位朋友责备我近来写文章不积极，无益于社会。我诚实的自白，从来我写的文章就都写不好，到了现在也还不行，这毛病便在于太积极。我们到底是一介中国人，对于本国种种事情未免关心，这原不是坏事，但是没有实力，奈何不得社会一分毫，结果只好学圣人去写文章出口鸟气。虽然孟子说，孔子作春秋而乱臣贼子惧，又蒋观云咏卢梭云，文字成功日，全球革命潮，事实却并不然。文字在民俗上有极大神秘的威力，实际却无一点教训的效力，无论大家怎样希望文章去治国平天下，归根结蒂还是一种自慰。这在我看去正如神灭论的自明，无论大家怎样盼望身灭神存，以至肉身飞升。但是怕寂寞的历代都有，这也本是人情吧？眼看文章不能改变社会，于是门类分别出来了，那一种不积极而无益于社会者都是“小摆设”，其有用的呢，没有名字不好叫，我想或者称作“祭器”罢。祭器放在祭坛上，在与祭者看去实在是颇庄严的，不过其祝或诅的功效是别一问题外，祭器这东西到底还是一种摆设，只是大一点罢了。这其实也还不尽然，花瓶不是也有颇大的么？而且我们又怎能断言花瓶原来不是供养精灵的呢？吾乡称香炉烛台为三事，两旁各加一瓶则称五事，钟鼎尊彝莫非祭器，而今不但见于闲人的案头，亦列于古董店的架上矣。只有人看它作有用无用而生分别，器则一也，反正摆设而已。

我写文章的毛病，直到近来还是这样，便是病在积极。我不想写祭器文学，因为不相信文章是有用的，但是总有愤慨，做文章说话知道不是画符念咒，会有一个霹雳打死妖怪的结果，不过说说也好，聊以出口闷气。这是毛病，这样写是无论如何写不好的。我自己知道，我所写的最不行的是那些打架的文章，就是单对事的也多不行，至于对人的更是要不得，虽然大抵都没有存留在集子里，而且写的也还不很多。我觉得与人家打架的时候，不管是动手动口或是动笔，都容易现出自己的丑态来，如不是卑怯下劣，至少有一副野蛮神气。动物中间恐怕只有老虎狮子，在他的凶狠中可以有美，不过这也是说所要被咬的不是我们自己。中国古来文人对于女人可以说是很有研究的了，他们形容描写她们种种状态，却并不说她怒时的美，就是有也还是薄愠娇嗔，若是盛怒之下那大约非狄希陈[①]辈不能赏识吧。女人尚尔，何况男子。然而说也奇怪，世人却似乎喜看那些打架的文章，正如喜看路旁两个人真的打架一样。互相咒骂，互相揭发，这是很好看的事，如一人独骂，有似醉汉发酒风，便少精彩，虽然也不失为热闹，有围而看之之价值。某国有一部滑稽小说，第三编下描写两个朋友闹别扭，互骂不休，可以作为标本：

> 甲：带了我去镶边，亏你说得出！你付了那二百文的嫖钱，可是在马市叫了凉拌蛤蜊豆腐滓汤喝的酒钱都是我给你付的。
>
> 乙：说你的诳！

① 狄希陈，明末清初西周生（作者有争议）所著长篇小说《醒世姻缘传》的主人公，受尽其妻妾薛素姐、童寄姐的百般折磨、残酷虐待，是一个极端怕老婆的人。

甲：说什么诳！那时你吃刀鱼骨头鲠住咽喉，不是吞了五六碗白饭的么？

乙：胡说八道。你在水田胡同喝甜酒，烫坏了嘴，倒不说了。

甲：嘿，倒不如你在那堤上说好个护书[①]掉在这里，一手抓了狗矢么？真活出丑。

我举这个例虽然颇好玩，实际上不很妥帖。因为现在做文章相骂的都未必像弥次北八两人那样熟识，骂的材料不能那样多而且好，其次则文人总是文雅的，无论为了政治或商业的目的去骂人，说的不十分痛快，只让有关系的有时单是被骂的看了知道。我尝说，现今许多打架的文章好有一比，这正如贪官污吏暮夜纳贿，痴男怨女草野偷情。为什么呢？因为这只有尔知我知，至于天知地知在现代文明世界很是疑问了。既然是这样，那就何妨写了直接寄给对方，岂不省事。可是话又得说回来，卫道卫文或为别的而相骂是一件事，看官们要看又是一件事，因为有人要看，也就何妨印出来给他们看看呢。如为满足读者计，则此类文章大约是顶合式吧。

我想写好文章第一须得不积极。不管他们卫道卫文的事，只看看天，想想人的命运，再来乱谈，或者可以好一点，写得出一两篇比较可以给人看的文章，目下却还未能，我的努力也只好看赖债的样以明天为期耳。

一九三五年三月

① 护书，即官员用的公文夹，主要用于装放各种札、谕、批等公文，并印有忌辰与万寿的日期，以随时提醒官员注意。

关于宽容

十七世纪的一个法国贵族写了五百多条格言，其中有一则云，宽仁在世间当作一种美德，大抵盖出于我慢，或是懒，或是怕，也或由于此三者。这话说的颇深刻，有点近于诛心之论，其实倒是事实亦未可知。有些故事记古人度量之大，多很有意思，今抄录两则于后：

南齐沈麟士尝出行，路人认其所着屐。麟士曰，是卿屐耶，即跣[①]而反。其人得屐，送而还之。麟士曰，非卿屐耶，复笑而受。

> 宋富郑公弼少时，人有骂者。或告之曰，骂汝。公曰，恐骂他人。又曰，呼君名姓，岂骂他人耶。公曰，恐同姓名者。骂者闻之大惭。

这两件事都很有风趣，所以特别抄了出来，作为例子。他们对于这种横逆之来轻妙的应付过去，但是心里真是一点都没有觉

① 跣，即赤脚走路。

得不愉快的么，这未必然，大概只是不屑计较而已。不屑者就是觉得不值得，这里有了彼我高下的衡量之见，便与虚舟[1]之触截然不同，不值得云者盖即是尊己卑人，亦正是我慢也。我在北京市街上行走，尝见绅士戴獭皮帽，穿獭皮领大衣，衔纸烟，坐包车上，在前门外热闹胡同里岔车，后边车夫误以车把叉其领，绅士略一回顾，仍晏然吸烟如故。又见洋车疾驰过，吆喝行人靠边，有卖菜佣担两空筐，不肯避道，车轮与一筐相碰，筐略旋转，佣即歇担大骂，似欲得而甘心者。岂真绅士之度量大于卖菜佣哉，其所与争之对象不同故也。绅士固不喜有人从后叉其领，但如叉者为车夫，即不屑与之计较，或其人亦为绅士之戴皮帽携手杖者，则亦将如佣之歇担大骂，总之未必肯干休矣。卖菜佣并非对于车夫特别强硬，以二者地位相等，甲被乙碰，空筐旋转，如不能抗议，将名誉扫地，正如绅士之为其同辈所辱，欲保存其架子非力斗不可也。大度弘量，均是以上对下而言，其原因大抵可归于我慢，若以下对上，忍受横逆，乃是无力反抗，其原因当然全由于怕，盖不足道，惟由于懒者殊不多见，如能有此类例子，其事其人必大有意思，惜乎至今亦尚无从征实耳。

对人宽大，此外还有一种原因，虽归根亦是我慢，却与上边所说略有不同，便是有备无患之感，亦可云自恃。这里最好的例是有武艺的人，他们不怕人家的攻击，不必太斤斤较量，你们尽管来乱捶几下，反正打不伤他，到了必要时总有一手可以制住你的，而且他又知道自己的力量，看一般乏人有如初出壳的小鸡儿，用手来捏时生怕一不小心会得挤坏了，因此只好格外用心谨慎。这样的人大家大概都曾遇见过，我所知道得最清楚的有一位姓姚的，是外祖母家的亲戚，名为嘉福纲司。山阴县西界钱塘

① 比喻胸怀恬淡旷达。

江，会稽县东界曹娥江，北为大海，海边居民驾蜑船航海，通称船主为纲司，纲或作江，无可考定。其时我年十三四，姚君年约四十许，朴实寡言，眼边红润，云为海风所吹之故，能技击，而性特谦和，唯为我们谈海滨械斗，挑起鹦哥灯点兵事，亦复虎虎有生气，可惜那时候年少不解事，不曾询问鹦哥灯如何挑法，至今以为恨。姚君的态度便是如我们上面所说的那样，仿佛是视民如伤的样子，毋我负人，宁人负我，不到最后是不还手的。不过这里很奇怪的是，关于自己是这样极端消极的取守势，有时候为了不相干的别人的事，打起抱不平来，却会得突然的取攻势，现出侠客的本色。有一天，他照例穿着毛蓝布大褂，很长的黑布背心，手提毛竹长烟管，在镇塘殿楝树下一带的海塘上走着。这塘路是用以划分内河外海的，相当的宽且高，路平泥细，走起来很是舒服。他走到一处，看见有两个人在塘上厮打，某甲与某乙都是他认识的，不过他们打得正忙却没有看见他。不久某乙被摔倒了，某甲还弯下腰去打他，这是犯了规律了，姚君走过去，用手指在某甲的尾闾骨上一挑，他便一个跟斗翻到塘外去了。某乙忽然不见了打他的人，另外一个人拿着长烟管扬长的在塘上走，有点莫名其妙。只好茫然回去，至于掉到海里去的人，淹死也是活该，恐怕也是不文的规律上所有的，没有人觉得不对，可是恰巧他识水性，所以自己爬上岸来，也逃出了性命。过了几天之后，姚君在镇塘殿的茶店里坐，听见某甲也在那里讲他的故事，承认自己犯规打人，被不知那一个内行人挑下海里去，逃得回来实是侥幸。姚君听了一声不响，喝茶完了，便又提了烟管走了回来。我听姚君自己讲这件事，大约就在那一年里，以后时常记起，更觉得他很有意思，此不独可以证明外表谦虚者正以其中充实故，又技击虽小道，习此者大都未尝学问，而规律井井，作止有度，反胜于士大夫，更令人有礼失而求诸野之感矣。

此外还有两件事，都见于《史记》，因为太史公描写得很妙，所以知道的人非常多。这是关于张良和韩信的：

> 良尝闲从容步游下邳圯上，有一老父衣褐至良所，直堕其履圯下，顾谓良曰，孺子下取履。良愕然欲殴之，为其老强忍下取履。父曰，履我。良业为取履，因长跪履之。父以足受，笑而去。良殊大惊，随目之。

> 淮阴屠中少年有侮信者曰，若虽长大好带刀剑，中情怯耳，众辱之曰，信能死，刺我，不能死，出我胯下。于是信熟视之，俯出胯下蒲伏，一市人皆笑信以为怯。

这里形容得活灵活现，原是说书人的本领，却也很合情理的。张韩二君不是儒家人物，他们所遇见的至少又是平辈以上的人，却也这么忍受了，大概别有理由。张良狙击始皇不中，避难下邳，报仇之志未遂，遇着老父开玩笑，照本常的例他是非打不可的了，这里却停住了手，为什么呢，岂不是为的怕小不忍则乱大谋么，书中说为其老，固然是太史公的掉笔头，在文章上却也更富于人情味。至于韩信，他被猪店伙计当众侮辱，很有点像杨志碰着了泼皮牛二，这在他也是忍受不下去的事，可是据说他熟视一番也就爬出胯下，可见其间不无勉强。太史公云，淮阴人为余言韩信，虽为布衣时，其志与众异，那么他的忍辱也是有由来的了。在抱大志谋大事的人，往往能容忍较小的荣辱，这与一般所谓大度的人以自己的品格作衡量容忍小人物，虽然情形稍有不同，但是同样的以我慢为基本，那是无可疑的。我看书上记载古人的盛德，读下去常不禁微笑，心里想道，这位先生真傲慢得可以，他把这许多人儿都不放在眼里，或者是一口吞下去了。俗语有云，宰相肚里好撑船，这岂不说明他就是吞舟之鱼么。像法国格言家那么推敲下去，这一班傲慢的仁兄们的确也并不见得可喜，而争道互殴的挑夫倒反要天真得多多，不过假如真是满街的殴骂，也使人不得安宁，所以一部分主张省事的人却也不可少，不过称之曰盛德，有点像是幽默，我想在本人听了未免暗地里要觉得好笑吧。印度古时学道的人有羼提①这一门，具如《忍辱度无极经》中所说，那是别一路，可以说炉火纯青，为吾辈凡夫所不能及，既是门槛外的事，现在只好不提了。

① 羼提（chàn tí），佛教语。梵语的汉译，为“六度”之一，意为安心忍辱。

祖先崇拜

远东各国都有祖先崇拜这一种风俗。现今野蛮民族多是如此，在欧洲古代也已有过。中国到了现在，还保存这部落时代的蛮风，实是奇怪。据我想，这事既于道理上不合，又于事实上有害，应该废去才是。

第一，祖先崇拜的原始的理由，当然是本于精灵信仰。原人思想，以为万物都有灵的，形体不过是暂时的住所。所以人死之后仍旧有鬼，存留于世上，饮食起居还同生前一样。这些资料须由子孙供给，否则要触怒死鬼，发生灾祸，这是祖先崇拜的起源。现在科学昌明，早知道世上无鬼，这骗人的祭献礼拜当然可以不做了。这宗风俗，令人废时光，费钱财，很是有损，而且因为接香烟吃羹饭的迷信，许多男人往往藉口于“不孝有三无后为大”的谬说，买妾蓄婢，败坏人伦，实在是不合人道的坏事。

第二，祖先崇拜的稍为高上的理由，是说“报本返始”[①]，他们说：“你试思身从何来？父母生了你，乃是昊天罔极之恩，你那可不报答他？”我想这理由不甚充足。父母生了儿子，在

① 指受恩思报，不忘本源。

儿子并没有什么恩，在父母反是一笔债。我不信世上有一部经典，可以千百年来当人类的教训的，只有记载生物的生活现象的Biologie（生物学）才可供我们参考，定人类行为的标准。在自然律上面，的确是祖先为子孙而生存，并非子孙为祖先而生存的。所以父母生了子女，便是他们（父母）的义务开始的日子，直到子女成人才止。世俗一般称孝顺的儿子是还债的，但据我想，儿子无一不是讨债的，父母倒是还债——生他的债——的人。待到债务清了，本来已是“两讫”，但究竟是一体的关系，有天性之爱，互相联系住，所以发生一种终身的亲善的情谊。至于恩这一个字，实是无从说起，倘说真是体会自然的规律，要报生我者的恩，那便应该更加努力做人，使自己比父母更好，切实履行自己的义务——对于子女的债务——使子女比自己更好，才是正当办法。倘若一味崇拜祖先，想望做古人，自羲皇上溯盘古时代以至类人猿时代，这样的做人法，在自然律上，明明是倒行逆施，决不可许的了。

我最厌听许多人说，“我国开化最早”，“我祖先文明什么样”。开化的早，或古时有过一点文明，原是好的。但何必那样崇拜，仿佛人的一生事业，除恭维我祖先之外，别无一事似的。譬如我们走路，目的是在前进。过去的这几步，原是我们前进的始基，但总不必站住了，回过头去，指点着说好，反误了前进的正事。因为再走几步，还有更好的正在前头呢！有了古时的文化，才有现在的文化；有了祖先，才有我们。但倘如古时文化永远不变，祖先永远存在，那便不能有现在的文化和我们了。所以我们所感谢的，正因为古时文化来了又去，祖先生了又死，能够留下现在的文化和我们——现在的文化，将来也是来了又去，我们也是生了又死，能够留下比现时更好的文化和比我们更好的人。

我们切不可崇拜祖先，也切不可望子孙崇拜我们。

尼采说：“你们不要爱祖先的国，应该爱你们子孙的国。……你们应该将你们的子孙，来补救你们自己为祖先的子孙的不幸。你们应该这样救济一切的过去。”所以我们不可不废去祖先崇拜，改为自己崇拜——子孙崇拜。

一九一九年三月

哑巴礼赞

俗语云，“哑巴吃黄连”，谓有苦说不出也。但又云，“黄连树下弹琴”，则苦中作乐，亦是常有的事。哑巴虽苦于说不出话，盖亦自有其乐，或者且在吾辈有嘴巴人之上，未可知也。

普通把哑巴当作残废之一，与一足或无目等视，这是很不公平的事。哑巴的嘴既没有残，也没有废，他只是不说话罢了。《说文》云，“喑，不能言病也。”就是照许君所说，不能言是一种病，但这并不是一种要紧的病，于嘴的大体用处没有多大损伤。查嘴的用处大约是这几种，（一）吃饭，（二）接吻，（三）说话。哑巴的嘴原是好好的，既不是缺少舌尖，也并不是上下唇连成一片，那么他如要吃喝，无论番菜或是“华餐”，都可以尽量受用，决没有半点不便，所以哑巴于个人的荣卫[1]上毫无障碍，这是可以断言的。至于接吻呢？既如上述可以自由饮啖的嘴，在这件工作当然也无问题，因为如荷兰威耳德（Van de Velde）医生在《圆满的结婚》第八章所说，接吻的种种大都以香味触三者为限，于声别无关系，可见哑巴不说话之绝不妨事了。归根结蒂，哑巴的所谓病还只是在“不能言”这一点上。据

① 荣卫，中医学名词，泛指气血、身体。荣指血的循环，卫指气的周流。

我看来，这实在也不失紧要。人类能言本来是多此一举，试看世间林林总总，一切有情，莫不自遂其生，各尽其性，何曾说一句话。古人云，“猩猩能言，不离走兽，鹦鹉能言，不离飞鸟。”可怜这些畜生，辛辛苦苦，学了几句人家的口头语，结果还是本来的鸟兽，多被圣人奚落一番，真是何苦来。从前四只眼睛的仓颉先生无中生有地造文字，害得好心的鬼哭了一夜，我怕最初类猿人里那一匹直着喉咙学说话的时候，说不定还着实引起了原始天尊的长叹了呢。人生营营所为何事，“饮食男女，人之大欲存焉。”既于大欲无亏，别的事岂不是就可以随便了么？中国处世哲学里很重要的一条是，多一事不如少一事，如哑巴者，可以说是能够少一事的了。

语云，“病从口入，祸从口出。”说话不但于人无益，反而有害，即此可见。一说话，话中即含有臧否，即是危险，这个年头儿，人不能老说“我爱你”等甜美的话——况且仔细检查，我爱你即含有我不爱他或不许他爱你等意思，也可以成为祸根，哲人见客寒暄，但云“今天天气……哈哈哈！”不再加说明，良有以也，盖天气虽无知，唯说其好坏终不甚妥，故以一笑了之。往读杨恽《报孙会宗书》，但记其“种一顷豆，落而为萁”等语，心窃好之，却不知杨公竟因此而腰斩，犹如湖南十五六岁的女学生们以读《落叶》（系郭沫若的，非徐志摩的《落叶》）而被枪决，同样地不可思议。然而这个世界就是这样不可思议的世界，其奈之何哉。几千年来受过这种经验的先民留下遗训曰，“明哲保身。”几十年来看惯这种情形的茶馆贴上标语曰，“莫谈国事。”吾家金人三缄其口，二千五百年来为世楷模，声闻弗替。若哑巴者岂非今之金人欤？

常人以能言为能，但亦有因装哑巴而得名者，并且上下古今这样的人并不很多，即此可知哑巴之难能可贵了。第一个就是那鼎鼎大名的息夫人。她以倾国倾城的容貌，做了两任王后，她替楚王生了两个儿子，可是没有对楚王说一句话。喜欢和死了的古代美人吊膀子的中国文人于是大做特做其诗，有的说她好，有的说她坏，各自发挥他们的臭美，然而息夫人的名声也就因此大起来了。老实说，这实是妇女生活的一场悲剧，不但是一时一地一人的事情，差不多就可以说是妇女全体的运命的象征。易卜生所作《玩偶之家》一剧中女主人公娜拉说，她想不到自己竟替漠不相识的男子生了两个子女，这正是息夫人的运命，其实也何尝不就是资本主义下的一切妇女的运命呢。还有一位不说话的，是汉末隐士姓焦名先的便是。吾乡金古良作《无双惜》，把这位隐士收在里面，还有一首赞题得好：

孑然独处，绝口不语，默隐以终，笑杀狐鼠。

并且据说“以此终身，至百余岁”，则是装了哑巴，既成高士之名，又享长寿之福，哑巴之可赞美盖彰彰然明矣。

世道衰微，人心不古，现今哑巴也居然装手势说起话来了。不过这在黑暗中还是不能用，不能说话。孔子曰，“邦无道，危行言逊。”哑巴其犹行古之道也欤。

十八年十一月十三日，北平

伟大的捕风

我最喜欢读《旧约》里的《传道书》。传道者劈头就说，“虚空的虚空”，接着又说道，“已有的事后必再有，已行的事后必再行。日光之下并无新事。”这都是使我很喜欢读的地方。

中国人平常有两种口号，一种是说人心不古，一种是无论什么东西都说古已有之。我偶读拉瓦尔（Lawall）的《药学四千年史》，其中说及世界现存的埃及古文书，有一卷是基督前二千二百五十年的写本，（照中国算来大约是舜王爷登基的初年！）里边大发牢骚，说人心变坏，不及古时候的好云云，可见此乃是古今中外共通的意见，恐怕那天雨粟时夜哭的鬼的意思也是如此吧。不过这在我无从判断，所以只好不赞一词，而对于古已有之说则颇有同感，虽然如说潜艇即古之螺舟，轮船即隋炀帝之龙舟等类，也实在不敢恭维。我想，今有的事古必已有，说的未必对，若云已行的事后必再行，这似乎是无可疑的了。

世上的人都相信鬼，这就证明我所说的不错。普通鬼有两类。一是死鬼，即有人所谓幽灵也，人死之后所化，又可投生为人，轮回不息。二是活鬼，实在应称僵尸，从坟墓里再走到人间，《聊斋》里有好些他的故事。此二者以前都已知道，新近又有人发见一种，即梭罗古勃（Sologub）所说的“小鬼”，俗称当云遗传神君，比别的更是可怕了。易卜生在《群鬼》这本剧中，曾借了阿尔文夫人的口说道，“我觉得我们都是鬼。不但父母传下来的东西在我们身体里活着，并且各种陈旧的思想信仰这一类的东西也都存留在里头。虽然不是真正的活着，但是埋伏在内也是一样。我们永远不要想脱身。有时候我拿起张报纸来看，我眼里好像看见有许多鬼在两行字的夹缝中间爬着。世界上一定到处都有鬼。他们的数目就像沙粒一样的数不清楚。”（引用潘家洵先生译文）我们参照法国吕滂（Le Bon）的《民族发展之心理》，觉得这小鬼的存在是万无可疑，古人有什么守护天使，三尸神等话头，如照古已有之学说，这岂不就是一则很有趣味的笔记材料么？

无缘无故疑心同行的人是活鬼，或相信自己心里有小鬼，这不但是迷信之尤，简直是很有发疯的意思了。然而没有法子。只要稍能反省的朋友，对于世事略加省察，便会明白，现代中国上下的言行，都一行行地写在二十四史的鬼账簿上面。画符，念咒，这岂不是上古的巫师，蛮荒的“药师”的勾当？但是他的生命实在是天壤无穷，在无论哪一时代，还不是一样地在青年老年，公子女公子，诸色人等的口上指上乎？即如我胡乱写这篇东西，也何尝不是一种鬼画符之变相？只此一例足矣！

已有的事后必再有，已行的事后必再行，此人生之所以为虚空的虚空也欤？传道者之厌世盖无足怪。他说，“我又专心察明智慧狂妄和愚昧，乃知这也是捕风，因为多有智慧就多有愁烦，加增知识就加增忧伤。”话虽如此，对于虚空的唯一的办法其实还只有虚空之追迹，而对于狂妄与愚昧之察明乃是这虚无的世间第一有趣味的事，在这里我不得不和传道者的意见分歧了。勃阑特思（Brandes）批评弗罗倍尔（Flaubert）说他的性格是用两种分子合成，“对于愚蠢的火烈的憎恶，和对于艺术的无限的爱。这个憎爱，与凡有的憎恶一例，对于所憎恶者感到一种不可抗的牵引。各种形式的愚蠢，如愚行迷信自大不宽容都磁力似的吸引他，感发他。他不得不一件件的把他们描写出来。”我听说从前张献忠举行殿试，试得一位状元，十分宠爱，不到三天忽然又把他“收拾”了，说是因为实在“太心爱这小子”的缘故，就是平常人看见可爱的小孩或女人，也恨不得一口水吞下肚去，那么倒过来说，憎恶之极反而喜欢，原是可以，殆正如金圣叹说，留得三四癞疮，时呼热汤关门澡之，亦是不亦快哉之一也。

察明同类之狂妄和愚昧，与思索个人的老死病苦，一样是伟大的事业，积极的人可以当一种重大的工作，在消极的也不失为一种有趣的消遣。虚空尽由它虚空，知道它是虚空，而又偏去追迹，去察明，那么这是很有意义的，这实在可以当得起说是伟大的捕风。法儒巴思加耳（Pascal）在他的《感想录》上曾经说过：

> 人只是一根芦苇，世上最脆弱的东西，但他是一根会思想的芦苇。这不必要世间武装起来，才能毁坏他。只须一阵风，一滴水，便足以弄死他了。但即使宇宙害了他，人总比他的加害者还要高贵，因为他知道他是将要死了，知道宇宙的优胜，宇宙却一点不知道这些。

十八年五月十三日写于北平

关于命运

我近来很有点相信命运。那么难道我竟去请教某法师某星士，要他指点我的流年或终身的吉凶么？那也未必。这些要知道我自己都可以知道，因为知道自己应该无过于自己。我相信命运，所凭的不是吾家易经神课，却是人家的科学术数。我说命，这就是个人的先天的质地，今云遗传。我说运，是后天的影响，今云环境。二者相乘的结果就是数，这个字读如数学之数，并非虚无缥缈的话，是实实在在的一个数目，有如从甲乙两个已知数做出来的答案，虽曰未知数而实乃是定数也。要查这个定数须要一本对数表，这就是历史。好几年前我就劝人关门读史，觉得比读经还要紧还有用，因为经至多不过是一套准提咒①罢了，史却是一座孽镜台②，他能给我们照出前因后果来也。我自己读过一部《纲鉴易知录》，觉得得益匪浅，此外还有《明季南北略》和《明季稗史汇编》，这些也是必读之书，近时印行的《南明野史》可以加在上面，盖因现在情形很像明季也。

---

① 《佛教念诵集》中"十小咒"之一。任何信仰者（不拘出家在家，或茹素与否）都可以持诵准提咒。

② 传说孽镜台上书曰："孽镜台前无好人。"凡恶多善少者，死后被押赴至镜前，自见在世之心，死赴地狱之险。

日本永井荷风著《江户艺术论》十章，其《浮世绘之鉴赏》第五节论日本与比利时美术的比较，有云：

> 我反省我自己是什么呢，我非威耳哈伦（Verhaeren）似的比利时人而是日本人也，生来就和他们的运命及境遇迥异的东洋人也。恋爱的至情不必说了，凡对于异性之性欲的感觉悉视为最大的罪恶，我辈即奉戴着此法制者也。承受“胜不过啼哭的小孩和地主”的教训的人类也，知道“说话则唇寒”的国民也。使威耳哈伦感奋的那滴着鲜血的肥羊肉与芳醇的蒲桃酒与强壮的妇女的绘画，都于我有什么用呢？呜呼，我爱浮世绘。苦海十年为亲卖身的游女的绘姿使我泣。凭倚竹窗茫然看着流水的艺妓的姿态使我喜。卖宵夜面的纸灯寂寞地停留在河边的夜景使我醉。雨夜啼月的杜鹃，阵雨中散落的秋天木叶，落花飘风的钟声，途中日暮的山路的雪，凡是无常无告无望的，使人无端嗟叹此世只是一梦的，这样的一切东西，于我都是可亲，于我都是可怀。

又第三节中论江户时代木版画的悲哀的色彩云：

> 这暗示出那样黑暗时代的恐怖与悲哀与疲劳，在这一点上我觉得正如闻娼妇啜泣的微声，深不能忘记那悲苦无告的色调。我与现社会相接触，常见强者之极其强暴而感到义愤的时候，想起这无告的色彩之美，因了潜存的哀诉的旋律而将暗黑的过去再现出来，我忽然了解东洋固有的专制的精神之为何，深悟空言正义之不免为愚了。希腊美术发生于以亚坡隆为神的国土，浮世绘则

由与虫豸同样的平民之手制作于日光晒不到的小胡同的杂院里。现在虽云时代全已变革，要之只是外观罢了。若以合理的眼光一看破其外皮，则武断政治的精神与百年以前毫无所异。江户木版画之悲哀的色彩至今全无时间的间隔，深深沁入我们的胸底，常传亲密的私语者，盖非偶然也。

荷风写此文时在大正二年（一九一三）正月，已发如此慨叹，二十年后的今日不知更怎么说，近几年的政局正是明治维新的平反，“幕府”复活，不过是以阶级而非一家系的，岂非建久以来七百余年的征夷大将军的威力太大，六十年的尊王攘夷的努力丝毫不能动摇，反而自己没落了么？

以上是日本的好例。我们中国又如何呢？我说现今很像明末，虽然有些热心的文人学士听了要不高兴，其实是无可讳言的。我们且不谈那建夷，流寇，方镇，宦官以及饥荒等，只说八股和党社这两件事罢。清许善长著《碧声吟馆谈麈》卷四有论八股一则，中有云：

> 功令以时文取士，不得不为时文。代圣贤立言，未始不是，然就题作文，各肖口吻，正如优孟衣冠，于此而欲徵其品行，觇其经济，真隔膜矣。卢抱经学士云，时文验其所学而非所以为学也，自是通论。至景范之言曰，秦坑儒不过四百，八股坑人极于天下后世，则深恶而痛疾之也。明末东林党祸惨酷尤烈，竟谓天子可欺，九庙可毁，神州可陆沉，而门户体面决不可失，终至于亡国败家而不悔，虽曰气运使然，究不知是何居心也。

明季士大夫结党以讲道学，结社以作八股，举世推重，却不知其于国家有何用处，如许氏说则其为害反是很大。明张岱的意见与许氏同，其《与李砚翁书》云：

> 夫东林自顾泾阳讲学以来，以此名目祸我国家者八九十年，以其党升沉用占世数兴败，其党盛则为终南之捷径，其党败则为元祐之党碑，风波水火，龙战于野，其血玄黄，朋党之祸与国家相为终始。盖东林首事者实多君子，窜入者不无小人，拥戴者皆为小人，招来者亦有君子。……东林之中，其庸庸碌碌者不必置论，如贪婪强横之王图，奸险凶暴之李三才，闯贼首辅之项煜，上笺劝进之周钟，以至窜入东林，乃欲俱奉之以君子，则吾臂可断决不敢徇情也。东林之尤可丑者，时敏之降闯贼曰，吾东林时敏也，以冀大用。鲁王监国，蕞尔小朝廷，科道任孔当辈犹曰，非东林不可进用，则是东林二字直与蕞尔鲁国及汝偕亡者。

明朝的事归到明朝去，我们本来可以不管，可是天下事没有这样如意，有些痴颠恶疾都要遗传，而恶与癖似亦不在例外，我们毕竟是明朝人的子孙，这笔旧账未能一笔勾销也。——虽然我可以声明，自明正德时始迁祖起至于现今，吾家不曾在政治文学上有过什么作为，不过民族的老账我也不想赖，所以所有一切好坏事情仍然担负四百兆分之一。

我们现在且说写文章的。代圣贤立言，就题作文，各肖口吻，正如优孟衣冠，是八股时文的特色，现今有多少人不是这样的？功令以时文取士，岂非即文艺政策之一面，而又一面即是文章报国乎？读经是中国固有的老嗜好，却也并不与新人不相容，不读这一经也该读别一经的。近来听说有单骂人家读《庄子》《文选》的，这必有甚深奥义，假如不是对人非对事。这种事情说起来很长，好像是专找拿笔杆的开玩笑，其实只是借来作个举一反三的例罢了。万物都逃不脱命运。我们在报纸上常看见枪毙毒犯的新闻，有些还高兴去附加一个照相的插图。毒贩之死于厚利是容易明了的，至于再吸犯便很难懂，他们何至于爱白面过于生命呢？第一，中国人大约特别有一种麻醉享受性，即俗云嗜好。第二，中国人富的闲得无聊，穷的苦得不堪，以麻醉消遣。有友好之劝酬，在贩卖之便利，以麻醉玩弄。卫生不良，多生病痛，医药不备，无法治疗，以麻醉救急。如是乃上瘾，法宽则蔓延，法严则骈诛矣。此事为外国或别的殖民地所无，正以此种癖性与环境亦非别处所有耳。我说麻醉享受性，殊有杜撰生造之嫌，此正亦难免，但非全无根据，如古来的念咒画符读经惜字唱皮黄做八股叫口号贴标语皆是也，或以意，或以字画，或以声音，均是自己麻醉，而以药剂则是他力麻醉耳。考虑中国的现在与将来的人士必须要对于他这可怕的命运知道畏而不惧，不讳言，敢正视，处处努力要抓住它的尾巴而不为所缠绕住，才能获得明智，死生吉凶全能了知，然而此事大难，真真大难也。

我们没有这样本领的只好消极地努力，随时反省，不能减轻也总不要去增长累世的恶业，以水为鉴，不到政治文学坛上去跳旧式的戏，庶几可对得起子孙，虽然对于祖先未免少不肖，然而如孟德斯鸠临终所言，吾力之微正如帝力之大，无论怎么挣扎不知究有何用？日本佚名的一句小诗云：

虫呵虫呵，难道你叫着，“业”便会尽了么？

一九三五年四月

中国的国民思想

今天是教育总署主办的中等学校教员暑期讲习班开始的一天，暑期讲习班照例每年举行一次，本届已经是第三次了，所以关于暑期讲习班的意义，不必再加说明了。照预定的程序里面，我有两小时的讲话，实在说，我没有什么东西可讲，虽然我从民初以来都是作教员生活，可是讲演非我所长，不过既然规定了有这种讲话，所以我就把平常所想到的极平常的几句话提出来同大家谈谈。至于许多新的问题，说的人很多，我就不必说了。我所说的，是极平常的，没有新的东西，不过是我个人多少年以来想出来的一点问题，就是中国固有的国民思想，究竟是什么？它的优点与劣点在那里？

这个问题与我们很有关系。我认为这个问题好像一个人对于自己的身体一样的重要，可是平常不注意它，等到身体有病的时候，才想起来，我的身体怎样，要请医生检查检查，究竟那一部分不好，应当赶紧医治。也有许多人讳疾忌医，有了病不肯请医生看，唯恐经过医生检查之后，会发现某部分发生毛病，心里反更不安适，所以不如不去检查；但这是没有用的，毛病在那里，不去医治，随他去，结果自然越来越厉害。一个人对于自己的身体是如此，国民对于国民的思想也是如此。中国的国民思想，现在已经到了病得很重的时期了，非请医生检查不可，必须明了那部分健全，那部分不健全有毛病，这是很重要的。不过看法各人不一样，我所说的是我个人的看法，虽然是很平凡很旧的，不过我相信没有假话，应该怎样说就怎样说，决没有怎样说得好就怎样说的地方，完全根据我一二十年来所想过的几点意见同大家谈谈。

中国国民的思想，说来说去，无论人喜欢不喜欢，根本思想还是儒家的思想。再具体一点说，就是孔孟的思想。为什么呢？这道理很简单，因为孔子是中国人，他的学问特别高，思想特别好，可以做我们的代表，无论什么人，有学问的，没有学问的，他的根本思想完全根据于孔子的思想，即是所谓儒家的思想。这是二千年以来，由种种方面可以看出来的。

儒家的思想那一点最重要呢？简单的说，就是利人——这是我假定的名称——对于他人，对于民众，要给他幸福，为民众求福利，这是古今的中国国民思想，也就是儒家的思想。我从前念过《四书》，记得《孟子》里有一段，讲禹稷。禹是治水的，“三过其门而不入”。治水是禹的责任，天下只要有一个人被水淹死，就是禹自己的不好，如同禹淹死这个人一样。稷是种田的，天下只要有一个人挨饿，就是稷自己的不好，如同稷叫这个人挨饿一样。所以禹稷都是圣人的心理。再如孟子与梁惠王讲仁政——所谓王道——孟子说得很简单，只要人民不饥不寒，年老的人有绸衣可穿，有肉可吃，等到人民的生活安定了，然后办学校，申之以孝悌之义，这样就是王道。简单的说，我以为中国思想的优点，完全在为人谋福利，并不是为自己。我是圣人圣王，责任就很重大，所有的人民，有一个没饭吃，没有衣穿，都是我的责任，决没有“我是皇帝，我应该享福”的思想。这种享福的思想，是后来才有的。孔孟的利人思想，拿这两个例子就可以代表了。

还有一位清朝的学者焦理堂先生，曾经说过一段话，他说，他的父亲告诉他："天下的事情很简单，第一就是自己要生存，第二就是子孙要不断的绵延下去。自己生存，子孙绵延，天下事就完了。不过，自己生存，同时也要使他人生存；自己的子孙绵延下去，同时也要使他人的子孙绵延下去。"焦理堂听了他父亲的话，研究多少年，也没有明白，后来研究《周易》，才知道他父亲所说的，都是经验之谈。简言之，就是很平常的人生观。人是要生存的，不但要自己能生存，而且要他人也能生存，这样才能大家平平安安的生存下去。讲得玄妙一点，我们不大懂，平常说，就是所谓仁。孔子无论怎样玄妙，讲到底就是个仁字。曾子说过："夫子之道，忠恕而已矣。"恕就是推己及人，我能生存，他人也能生存。不过，恕是主观的，我喜欢吃甜的，他人也有不喜欢吃甜的，于是就要讲忠了。忠就是科学上所谓客观的态度，我喜欢吃甜的，他人有不喜欢吃甜的，我要了解他喜欢吃什么东西，与我有什么不同，这就是忠。所以孔子之道，一以贯之，就是仁，分说就是忠恕。

关于这一点，我以为从孔孟起，到老百姓为止，没有什么不懂的。这是最简单的人生观。自己要生存，他人也要生存；自己的子孙要绵延下去，他人的子孙也要绵延下去。凡事都不要损人利己。这个观念不见得只有中国人有，是人人都有的，不过中国人对于这点特别明了而已。这是从书籍上看来，就可以完全知道的。有了这点理论，第二点实际，也就是由这一点研究出来的。

第二点是讲实际，不是理论，完全是就事论事。由讲实际看来，孔子的学说不是宗教，因为宗教有很大的理论，譬如佛教，他认为这世界的种种人生都是无聊的，所以要与这个世界断绝，求自己的解脱。基督教也是如此，认为人生在这污浊的恶世里非常痛苦，必须在这时候祷告上帝，领入天堂，才可以有永生。而孔子就没有这种思想。他认为这个世界就是我们的世界，至于死后如何，就不去考虑了。孔子曾说过：“未知生，焉知死。”对于死后问题毫无研究兴趣，而对于现在则非常重视，只要现在的几十年之中好好的过，对于父子兄弟夫妇朋友，好好的处，一生的目的就完了。照佛教说起来，父子兄弟夫妇朋友种种关系，使人不得自由，于是要出家，去求个人的解脱。儒家却是相反，这是孔子学说与宗教不同之点。至于中国人的崇信宗教，也是完全为帮助现在的生活，并不是为死后的永生。试看到妙峰山拜菩萨的人很多，可是他们朝山拜佛，大多数是求现在的幸福的。再举一个显明的例，财神庙是很有名的，到了财神菩萨生日的那一天，大家去求发财，可是到了第二天，大家就把财神菩萨忘记了，其实并不是永久忘记，其所以崇拜财神菩萨的原因，无非只是祈求现在发财而已，不像基督教徒一样每饭不忘，吃饭也祈祷，睡觉也祈祷，同时他们的祈祷只是求神的保佑，没有其他的目的，由这点看来，孔子学说与宗教就完全不同了。孔子只要现在的问题解决，目的就达到了，并不是死后能否免去轮回，引入天国。所以把孔子作为宗教家，根本是不通的。可是孔子虽然只求现实，但也不是功利主义者。因为实际主义往往容易变成功利主义，而孔子则不然。《论语》里面说：“知其不可而为之”，明知道做不成功，他还是要做，但并不是有利的才去做，无利的就不去做，可能的就做，不可能的就不做，与功利主义完全不同。

第三点，中国国民的思想是讲中庸的，不偏于任何一方面。固然中庸的弊病可以变成骑墙，不过中国国民的思想并不是骑墙，大体上看来，还是比较偏重于儒家，他还是有他的宗旨。中国的思想，除了儒家之外，还有道家的老子、庄子，法家的韩非、商鞅，不过这两派不大发达，法家偏于积极，太拘泥法理，一切照预定方针做下去，一点没有变通，虽然在西洋法家比较成功，而在中国的历史上看来，秦，王莽，以及王安石等想求法治，却都没有成功，可知法家在中国社会是不容易成功的。至于道家则偏于消极，知其不可为而不为，虽然他也不是宗教，不求解脱，但是一切只求敷衍。儒家在法家道家之间，你说他消极，他不消极，你说他积极，他也不积极，只是适乎其中。西洋的哲学家也有人说“人生没有极端”，也就是中庸的意思。譬如走路，不动当然不能走，两腿一齐动，也不能跳得很长久，只有两腿一前一后的向前走，才可以达到目的地的。又有一位英国人说，“一个人吃东西可以有两个极端办法，一个是纵欲，一个是禁欲。”所谓纵欲，是今天有好吃的，就尽量的吃，原来吃三碗饭，因为是好吃的就吃五碗饭；所谓禁欲，就是根本不吃。这两极端都是不行的。多吃了胃中容纳不下，会发生胃病；不吃也不能生活。为图生活快活，有好吃的也要少吃一点，今天吃一部分，明天再吃一部分，使我们的口腹之欲天天能满足，少吃虽然也是禁欲，但不是单纯的绝对的禁欲，是纵欲与禁欲两者之间的。这话本来是很简单很平常的，除了少吃之外，两极端是没有人能做得通的。所以人生就是中庸。吃饭，走路，睡觉，都要合乎中庸，才能生活。中国人从孔子起，至一般老百姓止，都有中庸的思想，希望中国人做大事业，是做不出来的，可是叫他维持长久，他的力量却很大。试看中国过去的历史，倒霉的历史也很多，这就是中国思想的弱点，由于没有宗教家的热诚、希望信仰的缘故；但是因为思想中庸，却能够保持长久，所以在历史上虽有时期长短不一的患难，而中国的思想仍然保存，仍然可以复活过来。

我以为中国国民的思想的特色，就是以上的三点，这三点也就是根据于儒家的思想，上自孔圣，下至不识字的老百姓，他们的人生观都是如此，这是我个人的观察。

人本来是生物之一，生物当然要生存，这是最简单的欲望。有一位外国人问我："中国的国民性怎样？"我说："中国人是人，是生物，他要生存，这是中国人的国民性，此外并无什么古怪异常的地方。"因为中国人是人，是生物，要生存，所以你不让他生存他是要反抗的。有许多宗教，不希望现社会的生存，而希望永久的生存，因此性格转变了。中国就没有这种转变，所以中国思想是很平常很健全的。不过后来出了一种毛病，因此有人责备儒家，其实这是出于别一来源的，这就是考试制度。从唐朝起，一直到清朝末叶，都靠诗文取士，最近五百年则文章又限于八股，无论什么人，只要考中了，就可以做官。这种制度，把中国好好的国民性都弄坏了。考试本来是很好的制度，据外国人看起来，是很有道理的。可是这仅是就好的理论方面来讲，而没有看见考试的流弊。考试制度最大的流弊有两点：

因为作文章不肯说真话，完全是说谎。我们平常作文学的文章，自己照自己的思想去作，今天心里高兴，写出来的文章，就是高兴，今天有悲伤的事情，写出来的文章就是悲痛的，但是考试的文章却不能如此，虽然我有很悲痛的事情，在考场上出了庆贺皇太后八十万寿的题目，就非得作颂扬的文章不可，因此千余年来，中国人作文章的本领很好，一般外国人，特别是友邦人，说中国人的宣传本领很好，这就是由于千年来学成的遵命文学的缘故。人家说杯子是圆的，我就作一篇杯子是圆的文章，人家说杯子是方的，我就作一篇杯子是方的文章，就是有人说这不是杯子，我也照样可以作一篇文章，于是文章完全依据题目去作了。我们从前学作论文，先生就是这样教，若不这样作，文章就作不好。但这种文章，决不是自己的文章，完全是替题目说话，弊病很大。

是胡说八道。从前在书房里作什么“汉高祖论”“管仲论”，谈论一二千年以前的事情，汉高祖怎样与匈奴作战，我们完全不知道，怎样作论文呢？结果只好乱说了。如果向来大家都说汉高祖如何的好，你能翻案，说他如何不好，这便是更好的文章了。有了这样的好文章，一旦考中，点了翰林，做了御史，就更可胡说八道了。从前汉高祖打匈奴都可批评，都可以骂，何况是现代的人？因为有考试，所以要作文章，因为作文章，所以不说真话，胡说八道，这种习性养成之后，于是把中国的国民性弄坏了。中国儒家的思想，原来并不是如此。孔子对子路说：“知之为知之，不知为不知，是知也。”这才是真实的知道。可是因为考试制度，把这点精神完全丧失了，变成说谎同胡说八道，因此只在文章上讲空论，真实的学问一齐都不发达了，科学也因此不能发达了。

以上所说，是中国因为考试制度把中国国民思想弄坏了，只知说谎，胡说，把真实的学问都阻塞了，因此中国的科学也不能发达了。譬如拿医学来说，从前有人说，“不为良相，则为良医”，医生同宰相一样，都可以救人的，可是我们中国人，对于医学向来就不注重，为什么呢？因为一般医生都不拿医作为专门职业，虽然医生所负的责任非常重大，病人的生命完全交付在医生的身上，而做医生的都是不第的童生，以及失业的塾师，一方面行医，一方面还准备应考；一旦考中，就可飞黄腾达，即使自己考不取，再教他儿子念书，儿子考中了，就可以做老太爷，就可以不再行医了，因此对于医学不去深究，医学就永远不进步，不发达。

我们再拿日本的医学来比较一下：日本很受中国思想的影响，对于孔孟程朱的思想，尽量的吸收，可是他们对于科学的态度，就与中国完全不一样了。其所以不同的原因，第一，因为他们没有考试的制度，仍然保持孔孟的思想，一切讲实际，不讲空论，不说谎；第二，因为日本在明治维新以前，都是封建制度，做医生的人永远做医生，并且他的子孙也大抵是永远做医生，做工的人本人以及他的子孙永远做工人，做工的人要想做官，是绝对不行的。不像中国无论什么人，只要考中之后，就可以做官。并且他们学什么做什么，不像中国学非所用，甚至像前清候补道一样，什么事都办。在日本决没有这种现象，学医的永远做医生，以医生为职业。因为永远做医生，诊治得多，经验也多，并且一代传一代，经验越积越多。以往日本都是汉医，因为他们以医生为职业，所以设法研究，使医学进步，于是又探求西洋人如何医治，最初自己研究荷兰文，看荷兰的医书，逐渐完全转变为西洋医学了。几百年前由中国传过去的中药秘方，有如行军散避瘟丹之流，经过他们几代的研究，也完全改变了。譬如宝丹，是二三百年前的秘方，可是在这二三百年之内，经过他们的研究改良，才成为今日的宝丹。我有一位朋友，是学中医的，他说："宝丹的好处，在于冰片多。可是冰片的价值很昂贵，照宝丹里的冰片分量，成本很可观。但宝丹的售价，只二角钱，不知他们用什么方法代替冰片，而效用完全与冰片一样。"日本能用中国的旧方，求新的方法来改良，所以他的医药能够进步发达。他们何以能如此呢？就是由于两国的国民性不同，虽然同一儒教的根源，但是他们没有阻碍知识发达的考试制度。中国现在虽然已取消了考试制度，可是这种弊病还遗留在那里，依然没有去掉。

现在我们已经把中国的身体检查过了，好的部分也看出来了，坏的部分也看出来了，我们要使中国的身体健全起来，当然要发展好的部分，去掉坏的部分，否则是没有方法可救的。中国国民固有的思想是好的，应该加上什么东西，就可以救中国呢？

据我想，还是科学教育。我这样说，好像也是看题目做文章，因为各位都是理科教员，所以说科学教育来救中国，其实不然，这是我向来的主张。我觉得中国根本思想是好的，不过是后来变坏了，只要再加上科学文明，就可以把固有的国民性恢复起来。

科学文明现在已不是时髦话了，现在最时髦的是精神文明。可是我说科学文明可以恢复固有的国民性，是有道理的。物质文明的流弊不能说没有，中国因为科学不发达，所以没有感受痛苦，西洋各国因为科学发达，受到很大的痛苦。前几天，有一位日本朋友来看我，他说："中国现在一切事情，关于教育与文化，应该拿日本作为前车之鉴。日本因为偏重科学的物质文明，对于自己的文明不注重，所以发生了流弊；中国不要再蹈覆辙才好。好在中国的科学没有发达，还来得及预防。怎样预防呢？那就是一面输入西洋的物质文明，同时还要注意本国原来的文明。"我觉得他这话很可作我们的参考。中国的确还没有充分的物质文明，必须输入西洋的物质文明。可是别国现成的药方不能吃，我们生什么病，开什么方子，吃什么药，西洋的物质文明虽然我们很需要，可是我们只拿西洋文明的一段输入进来，其余的一段不去过问，势必发生流弊。我们输入十九世纪后叶至二十世纪的西洋文明，同时也要注意到十九世纪以前的文明，否则只看见飞机大炮以及各种机器，以为西洋的文明全都在这里了，这是完全不对的。飞机的用途，现在说起来好像只是专门轰炸的利器，但当初发明制造飞机的并不是这种用意，所以我们一方面输入科学文明，一方面还要明了科学文明的历史。

西洋的科学文明发源于希腊罗马，要输入西洋的科学文明，就要了解中古时代希腊罗马的人文科学。从希腊的文明看来，我们觉得物质文明与精神文明没有什么区别，他的文明又同中国很有相像的地方。希腊的宗教、文明、历史，与基督教的国家相比，差得很远，可是与中国相比，却很相近。希腊的宗教，崇拜天地日月，与中国差不多，他的哲学，以苏格拉底（Socrates）为代表，与中国的孔孟相似。孔孟讲到最后是中庸，他们的哲学虽然另有名称，而意思也是讲中庸。希腊的道德观以春夏秋冬气候变化的情形为基础，譬如夏天很热，但是不能永远更热下去，热至极点，到了大暑，就逐渐凉爽，成为秋天，再逐渐冷下去，就到了冬天，可是冷到极点，也不会再冷，于是又逐渐热起来，成为春天，无论什么事都是如此，不能太过，所以希腊人的道德最重适中，最忌过中，而其根据则以自然律为本，这种观念，完全与中国一样。这样看来，科学源流的希腊文明，在我们中国人觉得是很容易了解的。

希腊的文化既然与中国相近，何以科学发源于希腊，而中国的科学如此不发达呢？要知道希腊之科学文明，也不是自己创造的，是接受巴比伦、埃及的文明，而发扬光大则完全由于苏格拉底、其弟子柏拉图（Plato）及再传弟子亚理斯多德（Aristotle），当时他们的地位与时代，正同中国的孔孟一样，曾子是孔孟的弟子，孟子也可说是孔子的再传弟子。可是苏格拉底的再传弟子亚理斯多德，除了伦理学、政治学、哲学以外，对于各种科学都有很多的著作，而孟子只著了论道的七篇书。亚理斯多德的著作之中，有四部讲动物学的，后世的达尔文看见他的著作，说他能够在若干年之前研究出后世学者所未发现的学理，非常的佩服他。希腊接受巴比伦、埃及的文明，发挥希腊的文明，可以作我们很好的教训。

我们再看日本近代科学，非常发达，也是我们很好的教训。

希腊的精神文明同中国不相上下，何以亚理斯多德变成世界自然科学的祖师，而我们的科学落伍呢？日本的文明是根据由中国传去的孔孟程朱陆王的学问，而接受了西洋文明，于是科学发达，但我们何以不能接受西洋文明呢？在这里，我们应该深深的反省，古代因为贤哲只讲哲学，不讲科学，所以科学落后；近代因为我们受了科举制度的流弊，所以就不能接受西洋文明了。过去的已经过去，没有办法了，只有第二步求补救的方法，就是以中国固有的国民思想为基础，再尽量的吸收西洋自然科学以及物质文明，现在努力去做，还来得及。

关于以中国固有的国民思想为基础一点，有人说要保存国粹，提倡中国的思想，这种办法与我的意思有点不同，因为中国固有的国民思想——就是儒教的思想——本来是健全的，只要中国不消灭，这种思想也不会消灭的，没有保存提倡的必要。为什么呢？我可以拿一个比喻来说：假定中国人是松树，那么孔子也是松树，不过孔子的那棵松树特别高大茂盛，作为松树的代表，但是无论如何，同是一个根，同是一个种，把所有的松树种子、松树根都使他长得同孔子的那棵松树一样高大茂盛，那是不可能的，但能好好的培养灌溉，长出来的反正都是同样的松树，也能茂盛起来，不会死的。所以不必怕儒教思想消灭，不必多事的说保存提倡，如果不想法培养灌溉，却去拨弄撮拔他，那是不会茂盛反而要坏的。怎样培养灌溉呢？就是孟子所说的不饥不寒，再进一步，使他们受教育，一方面把考试制度的流弊去掉，把物质文明的肥料加上去，自然就会茂盛起来了。

考试制度的流弊怎样去掉呢？我以为一方面把物质文明建设起来，一方面从教育方面着手，把自然科学普遍起来，养成科学的思想方法，只有这种药，才可以医治考试制度的病。英国有一位学者说："学校里理科的课目并不是给学生预备将来研究专门学问的，而是普通的知识，养成科学的头脑，任何方面都可以应用。"譬如数学是整理思想的方法，平常对于题目怎样解决，训练好之后，就可以应用到政治，经济，外交上去，同样的将问题整理之后，就可以把要点抓住。文法也是如此。文法熟悉之后，不但说话都依照文法，将来对于办理事件也就可以用文法即论理的头脑，把要点抓住了。中国向来没有文法，不但八股文章没有文法，就是说话也没有文法。自从施行新教育之后，一般学校都添了英文，可是英文有一缺点，就是文法不密，这样讲也可以，那样讲也似乎可以，所以要学外国语或第二外国语，最好添学老的拉丁文或新的德文，古典文一个动词有一百零八个变化，德文文法也很严密，先多费点心去学了，后来很有用处。学习文法不仅是为学外国语，是为养成科学的头脑，以便将来应用到任何事件去，所以这种科学训练，可以改变以往不讲实际的弊端。

中国还没有物质文明的流弊，这是因为中国还没有充分建设起物质文明的缘故。可是，不能因为物质文明有流弊，我们就不要物质文明，这是不对的。物质文明比如是鱼肉，别人因为吃鱼肉而生病，我们根本吃不起鱼肉，也说我不吃鱼肉，这未免笑话。没有吃过鱼肉，怎会生病呢？我们的态度应该是：别人吃鱼肉生了病，我们就用别的方法，把他配合起来吃。这是我的主张。

总结以上所说的话，中国的思想本来是好的，可以乐观的，第一是利人，讲仁，讲忠恕，要使大家安居乐业；第二是讲实际，不讲玄虚，死后如何，永生如何，天堂如何，一概不问，只知道现在生活的几十年中好好的过活；第三是讲中庸。中国的思想就是很平凡，可是经过考试制度之后，中国的思想变坏了，我们要补救他，就要吸收世界的科学知识，不偏于物质，同时还要注意科学的根源，一方面发展有用的机械文明，普遍自然科学的知识，一方面顾到固有的文化，如此则中国的缺点可以补足，原有的优点也可以发扬了。这样办法与从前所说的“中学为体，西学为用”不同，因为他们把中学与西学分为两截，中学是人的身体，西学是人的衣服，我的意见不是如此。西学是我们没有的东西，可是由外国拿过来之后，就不是西学了，譬如拿医学来说，中医与西医当然不同，可是仔细一看，只有时代的不同，中医是十七八世纪的医学，西医是现代的医学，我们把西医拿进来之后，就是我们的医学，也无所谓西医了。我们利用西洋的文明来补救中国的弊病，并不是“中学为体，西学为用”，保存国粹，还在其次，必须首先将固有的精神思想健全起来，然后再用科学方法选择西洋文明的优点输入进来，这才是最好的办法。当然这不是一件容易的事，社会如此不安定，无从下手，唯一的方法只有由教育机关设法进行了。今天在座的诸位，都是教理科的，虽然文科方面的教师责任也重大，可是诸位对于中国的责任更重大，除了使学生得到理科的学问之外，还要使学生养成科学的头脑，这是救中国最重要的一点。

我对于科学完全是门外汉，今天藉这个机会，把我从前所想到放在心里的几句话和大家谈谈，所说的话平常得很，没有新意见，不过完全是真实不假的意见，应该怎样就怎样说，这一点是可以贡献给诸君的。

一九四一年七月，在中等学校教员暑期讲习班的讲演

博物

我们说看国史有如查阅先人的行状和病时的脉案，那么动植物也够到上说是远年的老亲，总之不是全没有什么关系的，只有矿物恐怕有点拉不上罢了。普通性教育的书，要使儿童理解两性生殖的原理，大抵都是从动植物讲起，渐渐的到了人类，不但可以讲得明净而有兴趣，实在也是自然的顺序。手头有两册西文的小书，其一名曰《性是什么》，他先从单细胞的动植说起，随后一面讲到苔类以及显花植物之生殖，一面接着说过的阿米巴[①]讲到水螅，以后是蚯蚓，蛙，鸡和狗，末了才是人类。其一名曰《小孩是怎么生的》，从风媒花虫媒花说到鱼，鸡和狗，以至于人类，文章更是浅明美丽，适于儿童的阅读，曾见中国译本，原本的醇雅不免稍有损失。这两种书都是以博物的资料为性教育之用，再放大了来说，生物学的知识也未始不可以为整个的人生问题研究之参考资料。在好许多年前我曾这样说过，我不信世上有一部经典可以千百年来当作人类的教训的，只有记载生物的生活现象的比阿洛支[②]，才可供我们参考，定人类行为的标准。这话似

① 阿米巴，即阿米巴虫（amoeba），单细胞动物。虫体赤裸、柔软，因可向各个方向伸出伪足，以致体形不定而得名。

② 生物学（Biology）的音译。

乎说的太简括一点，但是我至今还是这样想，觉得知道动植生活的概要，对于了解人生有些问题比较容易，即使只是初中程度的博物知识，如能活用得宜，也就可以应用。分类的一部分看去似不甚重要，但是如《论语》上所说，多识于鸟兽草木之名，与读诗有关，青年多认识种种动植物，养成对于自然之爱好，也是好事，于生活很有益，不但可以为赏识艺文之助。生理生态我想更为重要，从这里看出来的生活现象与人类原是根本一致，要想考虑人生的事情便须得于此着手。我在《谈中国的思想问题》中曾说过：

> 饮食以求个体之生存，男女以求种族之生存，这本是一切生物的本能，进化论者所谓求生意志，人也是生物，所以这本能自然也是有的。不过一般生物的求生是单纯的，只要达到生存的目的便不问手段，只要自己能够生存，便不惜危害别个的生存，人则不然，他与生物同样的要求生存，但最初觉得单独不能达到目的，须得与别个联络，互相扶助，才能好好的生存，随后又感到别人也与自己同样的有好恶，设法圆满的相处。前者是生存的方法，动物中也有能够做到的，后者乃是人所独有的生存道德，古人云，人之所以异于禽兽者几希，盖即此也。

中国国民的中心思想之最高点为仁，即是此原始的生存道德所发达而成，如不从生物学的立脚地来看，不能了解其意义之深厚。我屡次找机会劝诱青年朋友留意动物的生活，获得生物学上的常识，主要的目的就在这里。其次是希望利用这些知识，去纠正从前流传下来的伦理化的自然观。我们只要一翻开书本，自周朝以至清末，前后二千年间，像甘蔗渣儿嚼了又嚼的，记着好许多怪话，如雀入大水为蛤，腐草化为萤，蚯蚓与阜螽为偶等，又如羔羊跪乳，乌反哺，枭食母等，皆是。第一类只是奇怪罢了，第二类乃很荒谬，二者虚妄不实虽然相同，后者更要不得，歪曲事实，假借名教，尤为恶性的也。略知动物生态的人，自能明瞭小羊不跪不便吃奶，乌无家庭，无从找寻老乌，枭只吞食小动物，不能啄食母肉，可以不至于上他的当。人禽有别，人类自有伦理，不必通行及于禽兽，此类虚饰无实之词亟宜清除，以存真相。我们人类不必太为异物操心，只须自己多多反省，勿过徇私欲，违反自然，多做出禽兽所不为之事，如奴隶及卖淫制度等，斯已足矣。

红楼内外

古今中外的蔡校长和辜鸿铭

蔡校长办学是主张兼容并包的，所以当时有些人给他一个四字的批语，叫作古今中外，这四个字虽然似乎散漫，但很足以表示他独有的自由思想的精神，在他以外没人赶得上，就是现今美国叔叔十分恭维的胡博士，也恐怕还要差一点儿吧。他所请的各教授中，第一个有特色的，大概中外一致的要推辜鸿铭了，他是福建的闽南人，他的母亲本是西洋人吧，所以生得一副深眼睛高鼻子的洋人相，头上一撮黄头毛，却编作一条小辫子，冬天穿枣红宁绸的大袖方马褂，上戴瓜皮小帽，不要说在民国十年前后的北京，就是在前清时代，马路上遇见这样一位小城市里的华装教士似的人物，大家也不免要张大了眼睛看得出神的吧。尤其妙的是他那包车的车夫，不知是从那里乡下去找了来的，也是一个背拖大辫子的汉子，正同课堂上的主人一样，他在红楼的大门外坐在车斗上等着，也不失为车夫队中一个特出的人物。辜鸿铭早年留学苏格兰，归国后有一时也是西装革履，显出是高等华人，可是后来却变得那一副怪相，嘴里也满口春秋大义，成了十足的保皇党了。他在北大教的是拉丁文等功课，不能发挥他的正统思想，可是他总随时随地想要找机会发泄。例如有一次北大开文科教授会，讨论功课，各人纷纷发言，蔡校长也站起来想要说话，辜鸿铭一眼看见首先大声说道，现在请大家听校长的吩咐！这是他原来的语气，他的精神也就充分表现在里边。

红楼中的名人

北大红楼中有不少的名人，许多逸事都有纪录的价值，如马裕藻许之衡林损刘半农钱玄同诸人都已去世，又事隔二三十年，现在谈谈似乎也不妨事了。但是他们都是我的前辈，随便谈讲他们的故事，虽然并不一定牵涉个人的私德，而且讲话的人也无故意毁谤的意思，总之逸事都不免有点滑稽味，那就含有小小不敬之意，不是后学所应当的，所以不能不从谨慎，只好选择无甚关系的事情纪述几则下来，真是所谓管中窥豹，略见一斑，一斑虽少，却总是豹的文采，或者也还值得一窥吧。

有一位明先生，（也不是真姓，以旧式反切字母代之，）是文科的老教授之一，为人很和蔼，有学问，只是有一种特殊的脾气，那便是所谓誉妻癖。本来在知识阶级中间这是很平常的事，居家相敬如宾，出外说到太太，总说自己不如，或是学问好，或是治家有方，有些人听了也不大以为然，但这毕竟与季常之癖稍有不同，所以并无什么可笑之处，至多是有点幽默味罢了。明先生有一时候曾在女师大兼课，上课时不知怎的说及那个问题，关于“内人”讲了些话，到了下星期的上课时间，有两个女学生提出请求道，“这一班还请老师给我们讲讲内人的事吧！”这很使得明先生有点为难，大概是嗨嗨一笑，翻开讲义夹来，模糊过去了吧。这班学生里很出些人物，便是他对明先生开那玩笑的人也都是后来有名的，但是这些只好从略，此时不便发表了。

连类的想到了晓先生的故事。晓先生是专教词曲的教员，专门学问自然不错，可是打扮有点特别，模样是个老学究，却穿了一套西服，推光和尚头，脑门上留下手掌大的一片头发，状如桃子，长约四五分，不知是何取义。他在北大还好，可是到女子文理学院去兼课的时候，就可以想得到不免要受点窘了。其实那里的学生倒也并不怎么特别窘他，只是从上课的情形上可以看出他的一点窘状来而已。我有一个同学，在那里教国文，有一回叫学生作文，写教室里的印象，其中一篇写得颇妙，即是讲晓先生的，虽然不曾说出姓名来。她说有一位教师进来，身穿西服，光头，前面留着一个桃子，走上讲台，深深的一鞠躬，随后翻开书来讲。学生们有编织东西的，有看小说写信的，有三三两两低声说话的。起初说话的声音很低，可是逐渐响起来，教师的话有点不大听得出了，于是教师用力提高声音，于翕翕声的上面又零零落落的听到讲义里的词句，但这也只是暂时的，因为学生的说话相应的也加响，又将教师的声音沉没到里边去了。这样一直到了下课的钟声响了，晓先生乃又深深的一躬，踱下了讲台，这事终告一段落。鲁迅的小说里有一篇“高老夫子”，说高尔础老夫子往女学校去上历史课，向讲台下一望，看见满屋子蓬蓬的头发，和许多鼻与眼睛，使他大发生其恐慌，袁了凡[①]纲鉴本来没有预备充分，因此更着了忙，匆匆的逃了出去。这位慕高尔基而改名的老夫子尚且不免如此慌张，别人自然也是一样，但是晓先生却还忍耐得住，所以教得下去，不过窘也总是难免的了。

① 袁黄（1533—1606），字庆远，初号学海，后改了凡，后人常以其号“了凡”称之。明代思想家。

钱玄同与刘半农

说起逸事来，当以钱玄同刘半农二人为最多，但琐屑而近于笑话的也多不宜于纪录，现在且挑选两件事，都是关于鞋子的来一说吧。疑古[1]先生的逸事是马九[2]先生所常讲的，疑古也听着微笑，大概并非假作，不过多一点文饰当然也是有的。马九先生是马氏兄弟中最小的一个。专门研究明代小说，很有工夫，少时写有劳久笔记，讲小说戏曲的考据书中常有征引，云著者不详，其实这原只是老九二字的变化罢了。据说疑古先生有一天，大约还在民十以前吧，从什么地方以廉价买得一双夹鞋，说是枣红宁绸的，这自然是说话人的夸张，恐怕也就是黑色哔叽之类而已。及至拿回来一看，却是左右两只脚一样的，旧式鞋子本来都是如此，而这乃是原分左右，是认脚穿的，但如今却是两只一样，即是说两只鞋都是左脚，或者都是右脚的。我们推想这鞋不是从什么有招牌的店铺里买来的，所以疑古先生无法去退换。觉得很窘，这并不因了块把钞票的损失，那是小事，窘的是没法子处分这两只一样的鞋子。假如扔在垃圾堆废纸篓里，也会有人发见，而且看了要发笑，不免传扬开去。情急计生，等到晚间，他拿起鞋子的纸包，出门雇了洋车走到市场，下车时故意将鞋包留在车上，心想溜走，不料这车夫是个规矩老实人，一眼看见了便即把他叫住，说先生你忘了东西了。疑古先生于是不得不哭丧着脸回转去，向车夫道了谢，仍将那鞋子带了回来。到了第二天清早，想出了更好的办法，他走到中央公园，花了五分钱门票，一径往

---

① 钱玄同（1887—1939），字德潜，又号疑古、逸谷，常效古法将号缀于名字之前，称为疑古玄同。中国现代思想家、文学家、新文化运动的倡导者。

② 刘半农（1891—1934），字半农，号曲庵，中国新文化运动先驱，文学家、语言学家和教育家。

公共厕所去，恰巧没有人，便赶紧将鞋包放将角落里，小偷似的（这是马九先生原来的口气）心惊胆战的踅了出来，一溜烟的从后门走出公园，奔回宿舍去了。至于刘半农的事情，说来极其简单，并无这些曲折。在民国六七年顷，还只有二十七八岁，当然很是时髦的，平时衣着怎样大家当时看过也忘记了，只有一回，他打扮得有点特别，手里拿着一根长只二尺的短棍，脚上着了一双时式新鞋。材料不知道是什么东西，总是一种绸类吧，颜色很奇怪，仿佛是俗称霞色的有似出炉银而更浓厚，上边又有鱼鳞似的花纹模样。熟朋友嘲笑他，说他穿鱼皮鞋子，这事就成为故实，刘半农的“鱼皮鞋子”说起来大家多知道，不过这已经是三十年前的故事，刘博士于二十三年[①]去世，这些事情以后也就少有人知道了。刘半农于那一年夏天往内蒙古一带调查语音，在蒙古包内被虱子咬了几口，竟得了回归热，回北平来医治。这回归热大概七天发一转，比“四日两头”的疟疾还要来得凶恶，其螺旋形的病菌却是同梅毒的是一类的，所以如用了六零六或九一四之类注射就可以治好。但是刘半农的病却有点耽误了，即使病治好了，而血细胞太被破坏，心脏出了危险，也已不能挽救了。刘半农殁于二十三年七月，年四十八。钱玄同则于二十八年一月去世，年五十三岁，原因是脑溢血，旧称中风，今则一般称为脑冲血，却是新旧医学上所没有的名字。钱刘都很有风趣，又各具绝学，在北大中是很不易得的教授，他们的早死实在是学问上的一个大损失，我想同意的人一定也很不少，不单只是认识的人觉得如此吧。

---

① 民国二十三年，为公元1934年。

图书在版编目（CIP）数据

雨天的书 / 周作人著. -- 南京 ： 江苏凤凰文艺出版社， 2020.3（2025.10 重印）
ISBN 978-7-5594-2113-5

Ⅰ. ①雨… Ⅱ. ①周… Ⅲ. ①散文集－中国－现代
Ⅳ. ① I266

中国版本图书馆 CIP 数据核字 (2018) 第 104370 号

雨天的书

周作人 著

选题策划 栗子文化
策划编辑 钱 丽
责任编辑 白 涵 刘洲原
特约编辑 何 欣
封面设计 刘 军
版式设计 段文婷
出版发行 江苏凤凰文艺出版社
南京市中央路 165 号，邮编：210009
网 址 http://www.jswenyi.com
印 刷 北京中科印刷有限公司
开 本 880mm × 1230mm 1/32
印 张 8
字 数 179 千字
版 次 2020 年 3 月第 1 版 2025 年 10 月第 4 次印刷
书 号 ISBN 978 - 7 - 5594 - 2113 - 5
定 价 42.00 元